JULIAN
BARNES

Elizabeth
JULIAN BARNES

伊丽莎白·芬奇

[英国]
朱利安·巴恩斯
—著—

严蓓雯
—译—

译林出版社

Finch

献给蕾切尔

目录

1 第一部

73 第二部

123 第三部

第一部

她站在我们面前,没有讲稿,没有书本,也不紧张。讲台上只有她的手包。她四下看看,笑了笑,波澜不惊,开始讲起来。

"你们应该已经注意到,这门课叫'文化与文明'。不要被吓到,我不会用饼状图来砸你们,也不会填鸭子一样喂你们史实,那只会让你们脑满肠肥,对健康没好处。下周我会给你们一份阅读书目,看不看随你们,反正不看不会减分,看了也不会加分。我会把你们当成年人教,当然,你们是成年人。希腊人说得好,最好的教育方法就是教学相长,可我不是什么苏格拉底,你们也不是一屋子柏拉图们——如果'们'是正确的复数形式。好了,话是这么说,我们还是会展开对话。还有,既然你们也不是小学生了,别指望我给你们灌鸡汤,光说漂亮话。对你们有些人,我可能不是什么好老师,大概率不合你们脾胃,也和你们的脑子不相通。丑话说前头,对有些人,很可能就是这样。当然,我希望你们能对这门课产生兴趣,乐在其中,我指的是真正的乐趣,严肃的乐趣。乐趣和严肃并不冲突。我也希望你们能用严谨回报我,天马行空在这里行不通。我叫伊丽莎白·芬奇。谢谢。"

说完,她又笑了笑。

没人做笔记。我们盯着她,有些人心生敬畏,少数几个搞不清状况,剩下的,几乎已经爱上了她。

我不记得第一堂课她教了些什么。但我隐隐约约知道,有生以来,我第一次来对了地方。

让我们从最基本的事情讲起吧:她的打扮。她总是穿粗革皮鞋，冬天是黑色的，春秋天是褐色麂皮，搭配着长筒袜或连裤袜，你永远不可能看见伊丽莎白·芬奇光着腿（当然你也想象不出来她会穿沙滩装）。裙子的长度都刚刚过膝盖，她抵制一年一度的裙长暴政。说起来，她似乎在好些年前就已经确定自己的造型了。目前仍可谓时尚；到下个十年，或许就可以说是复古风，或年代感了。夏天她会穿百褶裙，通常是海军蓝，冬天是花呢裙。有时候，她会穿格子呢或苏格兰风格的短裙，用一枚大大的银色安全扣（毫无疑问，苏格兰会有个专门的词儿来形容它）扣住。谁都看得出来，她把钱主要花在了衬衫上，要么是丝绸的，要么是高支棉，通常带条纹，绝不可能半透半露。衬衫上偶尔会配一枚胸针，总是很小巧，像人说的，很低调，但不知为何，却又很耀眼。她很少戴耳环（她打过耳洞吗？哎，这倒是个问题）。她左手小指上戴着一枚银戒指，我们觉得那是祖传的，不是她自己买的或别人送的。她的头发是银灰色，很有型，而且总是那个长度。我想她应该每两个礼拜就打理一次头发。是的，她信赖人工，她不止一次跟我们说起过这一点。而人工，在她看来，和真理并不矛盾。

虽然我们——她的学生——年龄都在小三十到四十出头之间，但一开始我们面对她，好像又变回了小学生。我们想知道她的背景和私生活，想知道她为什么从来（据我们所知）没结过婚，想知道她晚上都做些什么，是不是会给自己做一个香草煎蛋卷，一边看最新一期《歌德研究动态》，一边来上一杯葡萄酒？伊丽莎白·芬奇会喝醉吗？也许只有世界天翻地覆的时候才会？看，人是多么容易陷入幻想甚至讽刺啊。

我认识她那些年,她一直在抽烟。而且,她抽起烟来,也和任何人都不一样。有些人吸烟,很显然是享受尼古丁带来的劲儿,有些人吸烟是因为憎恨自己,有些人吸烟是习惯动作,而有些人,让人讨厌,他们声称自己"每天只抽一两根",就好像烟瘾尽在掌握似的。"一两根"到头来总是三四根甚至半包,这是所有吸烟者的一个谎言。伊芬却不一样,她从来不对吸烟这件事表态。她做的事情既不需要解释,也不需要美化。她把她的香烟装在一个玳瑁盒子里,让我们只好玩"猜猜是哪个牌子"。她抽烟,但对抽烟无感。抽烟有意义吗?如果你胆敢向她这么发问,她不会找任何借口。是呀,她会说,她肯定有瘾;是呀,她知道不好,也反社会。但不,她不打算戒,也不会去算每天抽了多少根,这种事情在她关注的事项里排位很低。另外,这是我个人的推导,确切地说是我的猜想:这是因为她不怕死,而当今这个时代对生命有些估值过高,她对这个问题真的没什么兴趣,所以,你也不该太关心。

自然,她有偏头痛。

在我的心目中——那是我的记忆之眼,我唯一能看见她的地方,她就站在我们面前,异常安静。她不像那些演讲者,擅长调动脸部肌肉,散发魅力,让人分心,或表明个性。她从不挥动手臂,或手撑下巴作支颐状。她偶尔会放一张幻灯片,来阐述某个观点,但绝大多数情况下,都不需要这么做。她用沉静和声音,操纵我们的注意力。她的声音平静清澈,几十年的烟熏嗓让它的质地更为丰富。她不是那种老师,只和从课堂笔记上抬起头看她的学生交流,像我说过的,她讲课是脱稿的,所有内容全在她脑子里,都已经深思熟虑过了。这也迫使大家把注意力集中在她身上,缩短了她和我们之间的距离。

她讲课都是书面语,句子结构完全合乎语法,说真的,你都能听出逗号、分号和句号。她开始说一个句子的时候,就已经知道该在什么时候结束,怎样结束。不过,她讲课从来不是什么开口说话的书,无论写作还是通常交流,她用的都是同一套词库,但效果一点不古板,反而相当鲜活。她还喜欢偶尔插一句不同调性的短语,可能是自娱自乐,也可能是想让我们吃一惊吧。

比方说,有一周,她跟我们说起《金色传奇》,这是中世纪一本讲述灵验和殉道故事的合集,里面有眼花缭乱的奇迹传说和富有教诲意义的殉道事迹。她讲述的主题是关于圣厄休拉的。

"如果你们愿意,请将思绪穿越回400年,那时候基督教还没有在我们的海岸上建立起霸权。厄休拉是一位不列颠公主,基督徒国王诺特斯的女儿。她聪明、柔顺、虔诚、贞洁,这些都是这类公主的标配。此外,她还很美,这个修饰语问题更大。安格利亚国王的儿子埃瑟拉斯王子对她一见钟情,向她求婚。这让厄休拉的父亲左右为难,因为盎格鲁人不仅强大,而且还偶像崇拜,也就是信奉异教。

"厄休拉是一位待价而沽的新娘,这样的情况以前以后都很常见,同时她还聪明、贞洁等等,还心智聪慧。她告诉父亲,若接受那位权贵之子的求婚,就要附加迫使对方将婚期延后的条件。所要求的宽限期为三年,这样厄休拉就可以去罗马朝圣,而这段时间,年轻的埃瑟拉斯也可以接受真正信仰的启蒙,然后接受洗礼。有人认为这可能会破坏婚约,但陷入热恋的埃瑟拉斯不这样认为。至于安格利亚国王的观点,没有被记录下来。

"当厄休拉想要精神越轨的计划传出去后,一些志同道合的闺中少女,都聚拢到她身边。这里我们碰到了文本的一个关键。你们很多人会看到,有十一千[1]名处女陪伴在厄休拉身边;熟悉威尼斯的也许会想起卡帕乔描绘这个故事的系列组画。组织这样一个旅行团时,托马斯·库克先生[2]还没出生呢。我刚才说到的文本关键,就是字母M,当初抄写员写下它时,是要表达什么意思呢? M是指'千',还是'殉道者'? 我们有些人可能会觉得后一种更说得通。厄休拉加上另外十一位处女殉道者,正好十二人,这个数字也是耶稣使徒的数量。

"尽管如此,让我们还是允许故事按照彩色宽银幕镜头的方式来展开吧,卡帕乔为这些技术的普及做出了很多贡献。十一千名处女从不列颠出发了。当她们到达科隆时,上帝的一位天使在厄休拉面前显身,给她带来了一条消息:日后当她离开罗马,踏上归途后,她和她的团队会再次经过科隆,在这里,她们将被加冕为殉道者。关于这个终局的消息很快在那十一千名处女中传开,她们坚定的心为之狂喜。与此同时,在不列颠,上帝无所不在的天使中,也有一名出现在埃瑟拉斯的面前,指示他去科隆会见未婚妻,在那里,他也

---

[1] 十一千应译为一万一千,但为了呼应后文所说"千"(M)的双重涵义[M既可能指一千(Mille),也可能指殉道者(Martyr)],这里权且按照英文表达方式译出。——本文注释均为译注,后同。
[2] 托马斯·库克(1808—1892),英国旅行商,近代旅游业的先驱者,也是世界上第一家旅行社托马斯·库克旅行社的创办者,被称为"近代旅游业之父"。

将赢得殉道者的荣耀。

"厄休拉每到一处,都吸引了越来越多的追随者,尽管这些人总数是多少,没有被记录在案。在罗马,教皇本人也开始追随这位女主人,结果饱受非议,被逐出教会。与此同时,因为这次远征竟取得了异乎寻常的成功,两个卑鄙的罗马指挥官开始担心这会促进基督教的传播,于是就安排匈奴军队去屠杀这些返程的朝圣者。正好,有一支匈奴军队这时候正在围攻科隆。我们必须允许这种叙事上的巧合和天意,毕竟它不是19世纪的小说。当然了,要我说,19世纪其实也充满了巧合。

"于是,厄休拉和她的庞大粉丝团抵达科隆,就是在那里,匈奴军队掉转他们的攻城武器,开始屠杀那十一千加人,让我们用一个哪怕在公元4世纪也是陈词滥调的说法来形容此事:'羊入狼口。'"

伊丽莎白·芬奇顿了顿,环顾教室,说道:"我们该怎么来理解这个故事?"沉默过后,她给出了答案:"要我说就是,借警察之手自杀。"

从哪个方面来说,伊丽莎白·芬奇都不算公众人物。你在谷歌上搜索不到什么结果。如果要从专业角度来描述她,我会说,她是一个独立学者。这听起来像是委婉的说法,甚至是套话。但是,在知识被圈禁在学术界之前,曾经有过智商极高的男人和女人,私下里追求着他们自己的兴趣。当然,他们绝大部分都很有钱,有些人性子古怪,还有一些,可以证明就是疯子。但是钱让他们可以去任何想去的地方,做任何想做的事情,没有发表的压力,无须和同事争出高低，也不必取悦系领导。

我从来没有打听过伊丽莎白·芬奇的经济情况。我猜她有家底，或祖产。她在伦敦西区有套公寓，我从没去过；她好像过得很节省；我猜她安排教学时，会留出私人时间来从事独立的学术研究。她出过两本书：一本是《狂暴的女人》，是关于1890年到1910年间伦敦的女性无政府主义者的；另一本是《我们必要的神话》，是关于民族主义、宗教和家庭的。两本都是小书，现在都已绝版。在某些人看来，一位独立学者的书若无人问津，那这个人就是笑柄。他们不会认为，那些获得终身教职的草包和无趣之人其实更该闭嘴。

她的几个学生日后都功成名就。在一些关于中世纪历史和女性思想的著作中，她的研究得到了认可。但是不认识她的人还是不知道她。这听起来似乎不证自明。只不过在今天，在这个数字化的时代里，朋友和粉丝的含义已经与过去不同，打了折扣。很多人互相认识，但一点也不了解彼此，他们对这种面子上的点头之交已经心满意足。

你可能认为我比较老派（但我如何并不重要）。你可能认为伊丽莎白·芬奇也一样，甚至更老派一点。但如果真是这样，她也不是常规的老派，那种老派是上一代人的写照，他们的真理现在被证明苍白而干枯。我该怎么说呢？她研究的真理，不是前几代人的，而是前几个时代的，她让其他人已经抛弃的真理依然鲜活。我这么说，不是在说什么"她是个老派的保守主义者/自由主义者/社会主义者"。她在很多方面早已超越了她的时代。"不要被时间所蒙骗，"有一次她这样说，"不要把历史，尤其是思想史，想象成线性的。"她是高洁的、自足的、欧范的。写到这里,我停下笔,因为我脑海里听到了她曾在课堂上教导我们的:"记住,无论什么时候,看到一个小说中的人物——更不用说在传记和史书中出现的人物——被简单地归纳为三个形容词时,永远不要相信那样的叙述。"这也是我一直在努力遵循的法则。

全班同学未能免俗,很快就按危险有害、意图明确的常规方式,分裂成各种小团体和派系。有的是按课后选择的饮品来区分:啤酒,葡萄酒,啤酒和/或葡萄酒和/或装在瓶子里的任何其他饮品,果汁,什么都不喝。我所在的小团体会在啤酒和葡萄酒之间随意切换,这个小团体包括以下成员:尼尔(也就是本人),安娜(荷兰人,所以偶尔会被英国人的轻浮激怒),杰夫(内奸),琳达(情绪不稳,无论事关学习还是生活)和史蒂夫(还想上进的城市规划师)。无厘头的是,把我们联结起来的纽带是我们几乎对任何事情看法都不一致,除了有限的几样:什么政府上台都没用;上帝几乎肯定不存在;生活只是为了活着;包装俗艳的酒吧零食永远不会嫌多。在那个时代,课堂里还没有笔记本电脑,课堂外也没有社交媒体,新闻都来自报纸,知识都来自书本。这是一个更简单的时代,还是一个更乏味的时代?两者皆是,还是两者皆非?

"一神论,"伊丽莎白·芬奇说道,"一根筋,一夫一妻,千篇一律。这样打头的,都不是什么好词[1]。"她顿了顿。姓名首字母交织

---

1 这些词,包括后面的姓名首字母交织图标、单片眼镜、单一作物等等,在英语中都是以"mono"(意指"单""一")打头的词汇。

图标,虚荣心的标志。单片眼镜,同上。单一作物,欧洲田园时代终结的前兆。我打算承认,单轨铁路是有益的。还有很多中性的科学术语,我也准备接受了。但一旦这个前缀牵涉人类事务……一言堂,它标志着一个封闭的、自欺欺人的国家。一体式比基尼,在词源上很滑稽,当作一件衣服也很滑稽。单一经营权,我指的可不是大富翁游戏,假以时日,它就成为灾难。单睾丸:值得同情,无须向往。你们有什么问题吗?"

琳达,就是那个看上去老是病恹恹的人,她优雅地宣称她得的是"心病",焦虑地问:"你为什么要反对一夫一妻制?大多数人不都想这样生活吗?这不正是大多数人梦寐以求的吗?"

"要对梦寐以求的事情保持警惕,"伊丽莎白·芬奇回答,"同样,还有一条普遍原则,要对大多数人渴望的东西保持警惕。"她停顿了一下,似笑非笑地看着琳达,借助她的提问,向全班人宣告,"强制性的一夫一妻制,就像在说强制性的幸福,我们知道,那是不可能的。非强制性的一夫一妻制,貌似是可能的;浪漫的一夫一妻制,也许是让人向往的。但前者通常会倒退回强制性的一夫一妻制,而后者则容易变成执念,变得歇斯底里。到头来就成为偏执。我们始终要弄清楚,什么是相互的激情,什么是共有的偏执。"

我们都沉默了,听进去了。我们大多数人,在性和恋爱上的经验,也就是我们这代人的平均水平:就是说,对上一代人而言,我们这方面的经验太过丰富,而在步步逼近的下一代看来,又少得可怜。我们还想知道,她的那些话,有多少是基于她的个人经验,但是,谁也不敢问。

琳达为了她的面子,还在死缠烂打:"那你是说都没啥奔头?"

"对此,富有幽默感的桑德海姆[1]是怎么说的呢?"伊丽莎白·芬奇真的半哼半唱起来,"'一人没法过,两人太乏味,三人来组队,安全又和美。'这也是看待这个问题的一种方式,当然了。"

"可你自己同意吗,还是你只是回避这个问题?"

"不,我只是给你备选方案。"

"那你的意思是,埃瑟拉斯去科隆是错的?"我们都知道,琳达对课程内容非常当回事,哪怕是关于中世纪宗教的。

"不,他没错。我们都追求我们觉得对自己最好的东西,哪怕那意味着我们的毁灭。有时候,尤其是它意味着毁灭的时候,更在追求。等到我们得到了,或没得到,通常都为时已晚。"

"**你这样说可没多大帮助。**"琳达暴躁地嘀咕。

"我不是受雇来帮助你的。"伊丽莎白·芬奇答道,语气强硬,但不含责备。"我是来协助你思考、讨论和梳理你自己的思想的。"她停顿了一下,"不过,既然你问起埃瑟拉斯,那就让我们来看看他的处境。作为厄休拉的未婚夫,他接受了她提出的条件:她去罗马朝圣的时候,他会钻研基督教的文献,确信经文里的真理,并接受洗礼,皈依她的宗教。我们不知道,这样做会让他的父亲安格利亚国王,那位最臭名昭著的异教徒,有多生气。但不管怎样,一位上帝的天使出现在埃瑟拉斯面前,指点他去科隆跟厄休拉会合,他们将在那里一起光荣殉道。

---

[1] 斯蒂芬·桑德海姆(1930—2021),美国作曲作词家,后面这句歌词出自他作词作曲的《肩并肩》。

"我们该怎么理解这件事？在感情层面，我们可能认为，这或许就是浪漫爱情的一个极端而狂热的例子。换句话说，这个故事有瓦格纳的风格。而在神学层面，埃瑟拉斯的做法可能会被认为是一种粗鲁的插队行为。此外，我们必须考虑这种强制的禁欲对年轻男性的影响，以及，就这个故事而言，对年轻女性的影响。它会呈现为各种各样的变态行为。厄休拉和埃瑟拉斯都已经订婚三年了，就要在日耳曼人的剑前弯下脖子，将胸膛献给长矛和箭矢，在这之前，他们是否获许度过一个新婚之夜？我们不得不怀疑没有，因为事实上，夫妻间的快感会改变他们的信念。"

事后，在学生酒吧，我们当中有些人借着烈酒，开始直奔主题。

我学过表演；就这样遇到了第一任妻子乔安娜。我们都心怀稚嫩但坚定的乐观主义，至少在最初几年里。我得到了电视节目里的一些小角色，也做过配音；我们一起写剧本，也一起把它们扔进呼啸的寒风中。我们的保留节目还包括在游轮上表演双簧：段子、说唱、唱点歌跳点舞。我最稳定的收入来源，是在一部长期播出的肥皂剧（不，并不出名）里，扮演一个有点邪恶的酒保。之后几年，时不时会有人过来搭讪："知道吗？你看起来就像那个，叫什么来着……NW12？……里头那个酒保弗莱迪。"我从来不纠正他们，说那个剧其实叫SE15，我只是微笑着表示异议："说来奇怪，好多人都跟我这么说呢。"

找不到工作时，我去餐厅打工。也就是说，当个服务生。不过，我还是很有派头的，或者说，可以看上去很有派头，所以被提拔为前台。渐渐地,我不再无所事事,也不去演戏了。我认识了一些食品供应商,乔安娜和我决定住到乡下去。我开始种蘑菇,后来,又开始种植水培西红柿。我们的女儿汉娜,不再孩子气地傲称"我爸爸在电视上",而是勇敢地将同一份气魄换成"我爸爸是种蘑菇的"。乔安娜在演戏上比我更成功,为了更有利于她的事业,她决定住到伦敦去,即使我不跟着一起去。所以就这样了,就是这样。是的,你仍旧可以在电视上看到她,她经常出现在那什么……哦,该死。

当我告诉伊丽莎白·芬奇,我曾经是一个演员,她笑了。"啊,演戏,"她说,"这是虚构制造真实的完美例证。"说得我很高兴,说真的,感到受尊重。

伊芬,现在我们私下里都这样叫她,站在我们面前,一如往常,将手包放在桌子上,说道:"幸福这回事,差不多满意就行了。生活中唯一可以确定,甚至都不用怀疑的事情,就是不幸福。"然后她等我们接口。我们只能靠自己了。可谁敢先开口啊?

你会注意到,上面这段引文没有给出出处。她是故意的,这是一个有用的伎俩,可以帮助我们独立思考。如果她说明了出处,我们就会开始想,对那个被引用者,他的生平著作,我们了解多少。然后相应地表示敬意,或不恭。

我们开始了热烈的讨论,用依旧年轻的理想主义对抗老气横秋的怀疑主义,直到,至少在我们看来是如此,她选择透露引文出处。

"是歌德,我们中大多数人都没希望比他活得更充实更有趣,这些话是他临终时候说的,那时他已经八十三岁了,他说他一生中只感受到了一刻钟的幸福。"她看着我们,眉毛没有动,这不是她会用的身体语言,但是我们感觉到她扬了扬隐喻的,甚至是道德的眉头。于是,作为她的学生,我们接收了这一讯息,开始讨论成为一个伟大的,或甚至没那么重磅的知识分子,是否注定会不幸福;人弥留之际发表这样的言论(在我们听来显然不够真实),是因为他们什么也不记得了,还是说他们对自己人生这么重要的方面如此轻描淡写,可以让他们死的时候少一点留恋之情。琳达总会毫无顾忌地说出我们其他人觉得幼稚甚至尴尬的看法,所以她对此发表意见说:

"那或许是因为歌德从来没有找对女人。"

如果是在另一个老师面前,我们可能会放心地窃笑了。但这是伊芬,尽管她自己思想很严谨,但她从来不看轻我们的想法和提议,不管它们多么微不足道,多么感情用事,多么无可救药地喜欢扯到自己身上。相反,她会把我们不足称道的琐碎思绪,转化成某种饶有趣味的东西。

"我们,无论课内课外,当然得考虑我们自己动荡生活里运气的成分。我们可以深交的人少得出奇。激情可能会大大误导我们。理性也好不到哪里去。我们的遗传基因可能会拖我们后腿。我们生活中之前经历过的事情也可能会。并非只有战场上的士兵后来会得创伤后应激障碍。看似正常的日常生活也往往会有这样不可避免的结局。"

听了这样的答复,琳达忍不住有些自得。

当然,我不能保证这些都是伊芬的原话。但我有一对善于捕捉声音的耳朵,在重现她说话的腔调时,我希望我的模仿没有夸张。在我的生命中,无论以前还是以后,可能都不会有人比她更吸引我了,我不仅关心她说了什么,也关心她是怎么说的。也许,除了我那两回刚结婚时候的热乎期,可是,接着,就应了伊芬的那句忠告:"激情可能会大大误导我们。"

她谈论起心灵生活来轻松自如,自然而然地将它纳入"文化与文明"这门课程,这让她在开学头几个礼拜成为被嘲笑的对象。男孩,哪怕已经三十岁,终究是男孩,还是一样会交头接耳,瞎起哄。

"猜怎么着,她的包掉下来,敞开了,里面有一本詹姆斯·邦德的小说。"

"我上礼拜看到她被一辆捷豹跑车接走了,开车的是个女人!"

"昨晚带老丽莎出去玩了,让她享受了一番。喝了几杯,先垫垫底,然后去了一家俱乐部,原来她会跳舞,跳得可性感了。接着回她家,她拿出她的私货,给我俩卷了几根大麻,然后……"这时大男孩脸上会掠过一丝坏笑,"然后嘛,不好意思,对不起,绅士是不会把这种事情说出来的。"你可以想象,还有别的更巴洛克式的版本,而绅士还真说出口了。

这类反应来自这样一些人,他们不知该如何面对她的镇定自若,同时又惧怕她的权威。他们的幻想可能出于误解,但与此同时,伊丽莎白·芬奇身上也确实有一些活色生香的东西。如果不是真实外露的,也是潜在的。如果我让自己的思绪天马行空,那么我的脑海里就可以轻而易举地出现一幅关于伊芬的画面,譬如,一列火车正穿过一片漆黑的风景,在头等软卧车厢里,她穿着丝绸睡衣站在窗前，掐灭最后一根烟，此时，软卧车厢上铺，有个神秘的、看不清面目的同伴，正在发出柔和的鼾声。火车外，一轮圆月下，她依稀看见法国葡萄园的斜坡，或意大利湖泊上朦胧的波光。

当然，这样的幻想与其说是在界定被幻想的对象，不如说是在界定那个幻想者自己。他们要么假定她有一个光鲜亮丽的过去，要么假定她有一个虚幻不实的现在，在这种虚幻中，她为自己实际拥有的生活寻求补偿；他们还进一步推定，她和其他人一样，某种程度上也欲求不满。然而事实并非如此。站在我们面前的伊丽莎白·芬奇已经是完成品，集合了她自己的成就、别人的造就和世界的赐予。这个世界不仅仅是当下的显现，也是历史的积淀。渐渐地，我们明白了，也抛开了笨拙的冥想，那只是一开始我们被她的独特所刺激而产生的反应，很多余。她似乎不费力气就把我们全给征服了。不，这并不确切，要比征服还深入。仅仅靠以身示范，她就迫使我们去寻觅自己内心世界的严谨。

琳达跑来征求我的意见。这种事情很少发生在我身上：我可不像是那种能给人忠告的类型。结果，她想从我这里得到的意见，原来是如何去向伊芬征求**她**的意见。我有意没跟她绕圈子，因为和琳达打交道，注定会情绪化。另外，我也觉得和伊芬套近乎不是什么好主意。她可能愿意在课堂上讨论歌德的爱情生活，但这并不意味着，她能够，或愿意，或甚至被学校允许，在课堂之外给学生提供建议。但我很快就意识到，琳达并不是真的想寻求我的建议，或者，说得更明白些，她想从我这里得到的建议，只是同意她已经决定的事情。有些人就是这样；也可能绝大多数人都这样。所以，为了让她感觉好一点,我改变了自己的立场,认可了她的意图。

一两天后,我一个人坐在学生酒吧里,她现身坐在我对面。

"伊芬太好了,"琳达开口,已经热泪盈眶,"我跟她说了我的心病,她很能理解。她伸出手,放在离我这么近的地方,"琳达学着那样子,手掌朝下,放在桌上,"她告诉我,爱就是一切。爱是唯一重要的东西。"然后她,当然是琳达,开始痛哭流涕。

我不太擅长应付这种情形,所以我说:"我去给咱俩再来一杯吧。"

等我从吧台回来时,她已经走了。她留下的,只有桌子正中一个湿乎乎的掌印,那是她刚才模仿伊丽莎白·芬奇时,手放的位置。我坐在那里,开始琢磨琳达,这还是头一回。伊芬从来不会迎合她那些脱口而出的想法,这一点让我更加认真地琢磨起她来。琳达看着你时,眼神里总是有某种急切。急的是什么?还是一般意义上的紧迫?不过,随着她的掌印消失不见,我对她的关切也消散了。

"一百零七年前,就在那一年的春天,一名伟大的画家正在等待死亡;不是马上,但也快了。他心里清楚,自从疾病进入终末阶段,他就知道自己死期将近。他已经只能坐在轮椅上了。三期梅毒展现出各种各样的惩罚形式,但他至少躲过了对画家而言最严厉的惩罚:失明。每天早上,他们都会给他带来一大束装在水晶花瓶里的鲜花。插花给他带来了欢乐。有些早晨,他只是看着它们,把它们想象成一幅画。感觉好一些的日子里,他会重新插花,然后作画。他画得很快,原因显而易见。

"他在捕捉稍纵即逝的瞬间,留住鲜花凋谢前那一刻。我们剪切鲜花,让它们凋谢得更快;但通过作画,我们又让它们在被丢弃以后还能长久保存下来。在这一点上,艺术变成了现实,而原始的鲜花只是稍纵即逝且被遗忘的拟像。

"我们可以想想,他当时在想什么。譬如说,那个古老的问题,后来被称为莫扎特困境:生活到底是美丽却悲伤的,还是悲伤但美丽的?或许他找到了可以绕过这个问题的答案,比如说:生活是美丽的,仅此而已。

"另一方面,你们可能会谴责这类想象,它们既虚幻不实,又多愁善感。我想听听你们的看法。"

她的话戛然而止,问题被踢回给我们。是啊,我们是怎么想的呢?我们马上讨论起来:艺术到底是对现实的描绘,是现实的精华、它的高级替代品,还是只是无关紧要的诱人消遣?杰夫想要知道,描画花瓶里的花,有什么社会或政治意义。我们许多人只是在重复自己的成见,或把一些金句再搬一遍出来("诗,无济于事",要么是,"我们永远是/这个世界的风云人物,看起来"[1]);但也有一些人,真的就是在那个时候,开始了独立思考。你可以清楚地看到。现在回过头来,如果我认可伊芬当时看到的情形,也就是说,即便在多数情况下,"独立思考"并不见得带来更真实更深入的思考,而只是在用一种想法取代另一种,那么即便如此,这个过程本身依然值得珍视。

---

[1] 前一句是英国诗人奥登的名言;后一句是英国诗人亚瑟·奥肖内西《颂歌》一诗中的著名诗句。

我还是小男孩的时候，从来没有遇到过让我喜欢并且印象深刻的老师，没有这样的老师向我展示数学、诗歌或植物学的魅力，也许同时也对我有性方面的影响。所以我愈发感激能够遇见并且认识伊丽莎白·芬奇，尽管感激这个词与实际情况相比多少有些苍白。正如她所说的，我们始终应该考虑生命中运气的成分。我不知道，人一生中好运的平均配额有多少，或应该是多少，这没法回答，而且毫无疑问，里面根本没有什么"应该"，但我知道，她是我好运的一部分。

多年以后，有次一起吃饭，我又问起她那个莫扎特困境。生活到底是悲伤却美丽的，还是美丽但悲伤的？当时我坐在她对面，中间隔着两大盘意大利面，感觉好像在求神问卜。"生活既是必要的，也是无法回避的。"她答道。我想她是在告诉我，那个著名的问题不过是骗人的错觉。或也可能不是。

我认识的人里面，伊丽莎白·芬奇最不会自艾自怜。她会认为自怜很猥琐，对这个形容词，她只会说道德猥琐，不会说谁社会意义上猥琐。对她自己来说，不自怜是斯多葛主义的一部分，她就是这样直面生活的。她早就知道（这一点我只是部分猜测）什么是无望的浪漫，什么是孤独，什么是朋友的背叛，甚至什么是公开的羞辱（我们都会在某一刻遇到），但她带着不喜不悲的淡然，直面它们。"直面"可能是表象，或至少是一种策略；斯多葛主义才是她存在的核心。对伊芬来说，这是从精神上，也是在性格上对待生活的唯一方式。她执拗地忍受着痛苦，从未寻求过帮助，那种道义上的帮助。她曾以听写的速度，给我们引用过一段话，我在自己的一本学生笔记上，找到了这段话：

> 有些事情取决于我们，有些并不。我们的看法取决于我们，还有我们的冲动、欲望和嫌恶，简而言之，凡是我们自己的行为，都取决于我们。但我们的身体不取决于我们，同样，我们的财产、我们的名誉、我们的公职，也就是说，任何不属于我们行为的事物，都不取决于我们。取决于我们的事物，天生就是自由的、无牵无绊的；而不取决于我们的事物，是无力的、受奴役的、被束缚的，它们并不属于我们。所以请记住，如果你认为，天然在奴役你的事物是自由的，或者不属于你的事物是属于你的，那么你就会受挫、痛苦和伤心，会怨天尤人。但是，如果你认为，只有属于你的，才是你的，不属于你的，如其所是，就是不属于你，那么没有人可以威逼你，也没有人可以阻挡你，你不会抱怨任何人，不会指责任何人，不会做任何违心的事情，你将没有任何敌人，也没有任何人可以伤害到你，因为你根本不可能被伤害。

我猜，当她第一次读到伊壁鸠鲁时，她发现他的真理并非启示，而是不言自明。

当我告诉别人，我认识的人里面她最成熟，我想我的意思是，她的所有行为和思想背后都有原则，这些原则如果不是真的深含在她的行为和思想中，也至少与它们紧紧相连。而对我（或者对大多数人）来说，我们的原则对我们的言行，大概只有一点点附带影响。

我们倾向于把浪漫主义与乐观主义联系在一起，不是吗？至于她，我认为，她是一个浪漫的悲观主义者。

还有一件事：死人没法告诉你你错了。只有活人才能，而他们可能在撒谎。所以我更相信死人。这是脑路清奇，还是明白事理？

再进一步说：为什么我们要仰赖集体记忆，称之为历史，认为它比我们的个人记忆更不容易出错呢？

"我们必须始终牢记那些可能发生却没有发生的事情，就像记住那些已经发生的事情一样。为什么呀，你们可能会问，发生的事情发生了，这才是我们必须要面对的。可也许并非如此。这并不是一场设想反事实的趣味游戏，譬如假设施陶芬博格的炸弹炸死了希特勒会怎样，这其实也是一项严肃的求证。我认为，我们太容易把历史看作一种达尔文主义了。适者生存中的适者，在达尔文看来，当然并不是指最强壮的，甚至也不是指最聪明的，而仅仅是指那些最有能力适应不断变化的环境的人。但是，在人类真实的历史中，情况并不是这样。那些幸存下来、胜过他人或制服别人的，只不过是更有组织、枪杆子更硬、更善于杀人罢了。主张和平的民族很难成为赢家，当然指思想上，但思想也很难获胜，除非背后有枪杆子支持。我们都同意，这很可悲，但要是不承认这点，就是偷懒。因为不然我们就只能坐以待毙——也思以待毙，并且承认，让胜利者获得战利品，也就是说，让胜利者获得真理。

"我们真的认为，譬如说，伊特鲁利亚人不如罗马人吗？他们难道不会对这个世界产生更好的影响吗？难道我们看不出，阿尔比派异教徒要比残酷地镇压它的中世纪罗马教会更开明更公正吗？我们是否想当然地认为,那些灭绝了世界各地所有土著部落的白人定居者,在道德上比他们的牺牲品更高尚?还可以去研究一下过去被我们称为黑暗时代的中世纪,现在它们被认为充满了光明。想一想两个朱利安,这是两个明显的例子,呈现了事物另一面的可能性。一个是叛教者朱利安,他是罗马最后一位异教徒皇帝,曾经试图阻挡基督教的可怕洪流。另一个是鲜为人知的意大利主教艾克拉努姆的朱利安,他对性本能不能说是纵容,但至少很宽容,事实上,他对这种本能很是敬重,因为他认为性是自然的,因此也是上帝安排的。更进一步——在教会看来更严重的是——他不信奉原罪说。你们应该记得,教会曾经要求(现在仍然要求)举行洗礼,以洗脱婴儿身上原来就有的,也必然会通过遗传继承的罪恶。艾克拉努姆的朱利安并不认为上帝会这样有意安排。令人扼腕的是,他输给了圣奥古斯丁,这位圣人断定并坚持这样一个观点:永恒污点代代相传,于是,关于性的负罪感也就难以消除。想一想这次教义之争的后果吧,再设想一下,要是奥古斯丁没有胜出,世界又会是什么样?"

伊丽莎白·芬奇顿了顿,她看出了某些学生心里的想法。"哦不,我不认为结果是那个幽默说法'摇摆的六十年代'[1]。"

这堂课的后续就是,我们在酒吧里展开了一场不那么高尚的讨论,还开玩笑地交流了一些黄段子。但这是第二个学期了,我们的小团体出现了裂痕,这也很常见。从我自己的立场来看,杰夫成了讨厌鬼,他总是对伊芬怀有敌意,让我厌烦。另外,我和琳达之间也

---

[1] 指1960年代中后期在英国发生的一场以伦敦为中心、由青年驱动的、强调现代性和享乐主义的文化革命,提倡性解放。

有点不尴不尬，到底是怎么回事我还想不太明白：照着我的理解力来看，情况是这样的，某甲对某乙表示了信任，但事后又指责某乙接受了这份信任。大概是这么回事？然后是第三个因素：安娜。

安娜是荷兰人，我想我提起过。她中等个儿，头上顶着蓬松的短发，穿各种冲锋衣，她看你的眼神虽不算挑衅，却有一种暗示，你跟她说话的时候，得提高点水平；如果你做到了，她会注意到，并且欣赏你。当时我正处在两次婚姻之间（当然那时候我并不知道），作为一个周末父亲，总会有一些小玩笑小动作，提醒我为什么不再结次婚呢。我没有特意去追求某些人或某些事情。我喜欢女人作为朋友，尤其是她们没想以任何方式摆布我的时候，尤其是她们对我期望更高（以不具威胁的方式），并且还是个荷兰人的时候。

安娜有次告诉我，她第一次在英语中看到"一夜情"这个词，还以为是印刷错误。

"错在哪里？"

"错在夜这个字。"

我还是没明白。

"我以为是一见情。"[1]

"这是什么意思？"

"就是一见钟情的意思。"

"一夜情不也得一见钟情吗？即使这种一见钟情，嗯，只是一见钟性。"

---

[1] 原文一夜情为casual sex（随意性行为），安娜以为是causal sex（有目的性行为），颠倒了字母s和u，所以她以为是印刷错误。

"我以为性不是就为了做爱。性要有理由,一个更大的目的。发生性关系要么是因为你恋爱了,这很显然;要么是因为你想通过性来探索这个世界。要么是因为你国家的人口在减少。"

性是旅行?性是公民义务?不知怎的,我觉得这很荷兰,也有点可爱。

我们慢慢地陷入某种暧昧,课后,我们两个自己去喝酒,而不是和小组其他人一起;我们一起看电影、散步,一起去画廊、书店——简简单单的小步骤。

这样处了几个星期,然后我说,这时候我们的脑袋紧紧挨着:"你觉得我们来个一见情,是个好主意吗?"

她把脸转向了我:"你是故意说错的吧?"

"不是。"

"好吧,只要你真的认为是一见情。"

我说我真的这么想,哪怕我不确定我这么说会有什么后果。

伊丽莎白·芬奇不会把上课看作是将时间分散成不同的单元,然后用这些不同的单元来传达、讨论和解决成套的信息。她希望我们能持续思考她摆在我们面前的这些观点。所以我们在一起的时间越来越自如,越来越开放。

"你提到单一作物,"在她给了我们那个Mono打头的词汇表几个星期后,杰夫说道,"我不明白你反对它们什么,毫无疑问,它们标志着效率,标志着成功的中央计划。"

"可能看起来是这样,"她答道,"它们的好处是有些诱人。但是，还是让我们回到所谓旧日好时光吧，当时绝大多数人只能在很小的范围内旅行；除了去附近城镇赶集，他们通常一辈子都没有离开过村子。他们只见过寥寥几个外人，行客、兜售花哨商品的小贩、征兵官员、强盗土匪什么的。他们自给自足，也不得不自给自足；他们储存食物以扛过寒冬。他们不具备独立性：要接受各种管制，没办法——神父的，地方官的，乡绅的。我没有感情用事：他们可能是残忍的主人。谁也不该相信什么英格兰乐土这类蠢话。但生活就这样持续了好几个世纪。

"然后，铁路来了，遍布整个欧洲。它们的主要功能是什么？就像罗斯金和福楼拜指出的，它让人们从A地到达B地，然后就可以在不同的地方仍然做同样愚蠢的事情。我这是把他们的话说白了。大家普遍认为，技术进步会带来道德益处；但铁路什么也没带来。互联网也是半斤八两：完全没带来道德上的好处。我的意思也不是说会让人更不道德；而是说，这类技术奇迹在道德上不加分也不减分。铁路能为饥荒中的人们带去食物，同样，它也可以把大炮，以及炮灰，更快送到前线。

"不过，你问的是单一作物，那么就让我们从农业意义上来讨论这个词。那些古老而封闭的村镇本来会生产所有他们需要的食物、衣服和商品，但铁路带来了不同的食物、衣服和商品，价格也不同。由于市场规律也没有道德倾向，人们很快发现，他们买到的东西比他们用传统方法生产出来的更便宜。于是，乡村在作物栽培上越来越单一。就看看迷人的普罗旺斯村镇吧。突然间，在其他地方生产葡萄酒成本更低；相反，他们这地方的粮食要是运到其他地区，可能会更值钱。他们放弃了自给自足。于是当葡萄园遭受根瘤蚜虫害，或者农田遭遇枯萎病和飓风时，附近的居民就会挨饿。他们变得要依赖别人的善意或者他们的自身利益才能存活，而这些别人，可能心不在焉，可能粗心大意，也可能，真的，充满敌意。我说的这些，没有你们不知道的。"

她经常这样高估我们；真是受宠若惊。现在回想起来，她也许是有心这么说，是算计好的；但仍然受宠若惊。

"接下来，我们也许可以在更广阔的视野里，来看看单一作物这个词。譬如民族的单一文化[1]。就是欧洲和欧洲之外的那些古老的民族国家——是什么定义了这些民族国家？种族和疆域，当然了；对外征服和建立帝国；还有，关于自身血统纯正、独一无二的疯狂念想。还记得《马赛曲》里那句歌词吗，我来翻译一下：'让不纯的血液从我们土地的沟渠里流走吧。'这里说到了纯洁，说到了血脉。当然，还要加上宗教，以及其中所有相互竞争的单一文化。有个晚上我碰巧在看希特勒的《餐桌谈话》，他在书里这么说，世界上有（或者说过）一百七十个重要的宗教，它们都声称自己是真理的唯一归宿，如果是这样，那必定有一百六十九个宗教是谬误。"

每当伊芬说起与政治有关的事情，杰夫总是很警惕，疑窦丛生，他问道："你这是把希特勒的书列在我们阅读书目里？"

"你应该记得，"伊芬平静地答道，"我开的书目，读不读全在你们。我希望每堂课都可以向你们推荐一些你们不熟悉但有可能想

---

[1] 原文monoculture指单一作物，单一栽培，也可以指单一文化。

去读一读的书。"

"可你建议的，"杰夫说道，语气带着攻击性，"不是让我们去读希特勒吗？"

"我建议的是，我们需要了解那些反对我们的人和我们反对的人，无论他们是活人还是死人，是异教分子还是政治敌人，甚至是日报或周刊。了解你的敌人，甚至是死去的敌人，这是一条简单原则，也很有道理，因为敌人很容易转世复活。此外，一位伟大作家曾经说过：'那些魔鬼为我们解释了历史。'"

但杰夫没有放弃："我爸死在战场，你却跟我说去读希特勒？"

这是唯一一次，我看见伊丽莎白·芬奇失态。但她还是，当然了，用自己的方式做了回应。她微微转过身，直到与杰夫面对面，然后说道："我为你失去亲人感到遗憾。但是——我没有任何要和你拉近关系的意思——我想我们会发现，希特勒对我家庭的毁灭，要远远超过对你家的。今天就到这里吧。"

她走了出去，临走前从讲台上拿过她的手包。谁也不想第一个开口，最后，杰夫说话了："我怎么知道她是个犹太人？"那语气与其说是挑衅，不如说是困惑。

我们谁也没接茬。

我不能说我们实现了苏格拉底的理想，这是她在上第一堂课时提起的愿景；但我们感觉自己被点醒了，能够运用自己的智慧，毫无顾忌地进行理论探讨。但她并不操练理论（或就此而言，语含轻蔑）；她的方法最接近于某种警句式概括。如果我说，她在教学中运用了魅力和智慧,听上去显得她是在操纵别人,甚至可能是有意识地诱惑别人。好吧,她是很有诱惑力,但绝不是通常意义上的那种诱惑。

有天晚上,她给我们讲威尼斯,在讲解卡帕乔的组画时,她突然停下来,说道:

"毫无疑问,在一切条件都相同的情况下,我们应该站在弱者、受害者、失败者和被毁灭者的一边,不是吗?"她回过头看向屏幕,"在圣乔治屠龙[1]这个故事里——他们搏斗交锋时,骰子充满神学意义——任何有道德感的人都应该同情那条可怜的龙。"

我们仔细端详那幅画,画中,圣乔治全副武装,将长矛刺入怪兽的嘴巴,刺穿了它的后脑勺;而那位虔诚的公主,也就是未来的圣徒想要解救的那个人,正在乔治身后的岩石上祈祷。那条龙,虽然长满可怕的鳞片,可实际上并不比圣徒的坐骑更庞大。

"你们大概会同意,这更是在显示至高的武力,而不是至高的虔诚。"

杰夫总是喜欢挑事儿,他说:"这是圣乔治啊,你这样说可不太爱国,恕我直言。"

"你确实可以直言,杰夫。但请你想一想,有很多个圣乔治,他们是很多国家和城市的守护神,而这场遭遇战发生在沙漠,显然不是英式花园。从更宽泛的角度来说,我们上这门课的目的,就是超

---

[1] 圣乔治屠龙是欧洲神话故事,讲述骑士圣乔治屠龙解救城堡公主的故事。英国国王理查一世在十字军东征期间,在圣乔治屠龙地附近的一场战斗中大获全胜,认为是圣乔治在保佑他们,从此圣乔治被视为英国的守护圣人。

越狭隘的爱国主义。我们可以分析《希望与荣耀之地》[1]的歌词,但不是去哼唱。"

你明白我在说什么吗?她会纠正我们的看法,但不会贬低我们,她只是优雅地引领我们远离那些明摆着的观点。

"再想一想,那条可怜的龙不仅仅是关于野生动物的某个极端例子,它吓坏了位于背景中的那座城市,因为城里人目睹了前景中受害者被肢解的残肢,龙甚至要比那些在印度暴走的疯象更可怕。在画里,龙是象征。它生活在卡帕多西亚,代表着一个异教国度,直到圣乔治来临,展示了基督教的蛮力,或不如说武力。如果我们继续以这种精神作为故事底色,我们会看到,驯服这条龙将如何直接导致整个国家皈依基督教。因此卡帕乔在这里给我们展示的,不仅是动作片的一幅定格,也是一部引人入胜的宣传片。基督教的成功秘诀之一,就是聘请最好的电影制作人。"

如果说她教会了我们一件事,那就是,历史是长久战;而且,它不是停滞僵化的,它不会躺在那里,等着我们用大大小小的望远镜去观望它;相反,它是活跃的,沸腾的,有时会火山爆发。我想她成长于1950年代,他们是这么说的,但她更像是成长于启蒙时代,或公元4世纪。就像某个古代的女神,是的,我知道我在说什么,她像是站在时间之外,或也许,是在时间之上。

"我想说,比起成功来,失败能告诉我们更多东西,而一个坏的

---

[1] 英国爱国歌曲,后被英王爱德华七世用作加冕圣歌,如今在英国被称为"第二国歌"。

失败者也比好的失败者更能说明问题。进一步来说，比起真正的信徒和圣洁的殉道者，叛教者也总是更有趣。叛教者代表着怀疑，而怀疑，强烈的怀疑，是思维活跃的标志。我之前提到过叛教者朱利安。既然我们是英国人，我们可以从诗人斯温伯恩入手。阿尔吉农·查尔斯·斯温伯恩，他本人就是反对维多利亚时代价值观的离经叛道者。尽管据说他情绪过于夸张，甚至歇斯底里。但同时，他也是英国公学男生的一个典型，他们的标志就是双重意义上的鞭笞仪式，既残忍痛苦，却又带点享受。他追求的是英国传统意义上的自我放纵，名气没他大的诗人西奥多·瓦茨·邓顿将他从这条道路上拯救出来，带他住进了松林别墅，在那里清醒生活。这是一栋半独立式郊区别墅，位于普特尼的普特尼山十一号。命运可能就是这样反讽，你不同意吗？改过自新的罪人无疑是维多利亚时代常用的比喻，没有比这更好的比喻了。不过，我有点扯远了。

"斯温伯恩在他的《冥后赞歌》中，有如下令人难忘的对句：

> 苍白的加利利人啊，你已经胜利了；
> 世界因你的呼吸而变得晦暗；
> 忘川的酒让我们醉了，我们以死亡的丰盛为食。

苍白的加利利人当然就是拿撒勒的耶稣，这句话据说是叛教者朱利安在战场上奄奄一息时说的。这是著名的遗言，承认基督教征服异教，获得了胜利。事实上，朱利安是最后一位异教徒皇帝。报纸（至少是异教徒的报纸）可能会称他是'不屈的英雄'。他是一名儒将,当他出发去高卢作战时,尤西比娅皇后给了他一个图书馆那么多的书,这样他就可以在战斗的间隙进行哲学思考了。奇怪的是,斯温伯恩没有提到他的名字,却在诗歌的标题里提到了冥后普罗塞耳皮娜,在古代世界,冥后是众神中著名的多面手,她既是女神,也是罗马的守护者。而今,她将被另一位女性守护者所取代,那就是基督的母亲玛利亚,从那以后,圣母玛利亚就一直统治着这座城市。

"我们可能会认为,朱利安的话应该被解读为高尚的让步,承认精神上失败了。朱利安是一个好的失败者。但完全不是这么回事。像诸多卓越的前辈一样,斯温伯恩认为,这一刻正是欧洲历史和文明走向灾难性错误的转折点。希腊和罗马的众神是光明和欢乐之神;男人和女人都明白并没有什么其他生活,所以,光明和快乐必须在此世找到,在虚无将我们吞没之前。然而,那些新基督徒却臣服于一位暗黑、痛苦和奴役人类的上帝,这个上帝声称,人只有在死后,才可以在**他**建造的天堂里得到光明和欢乐,而向天堂进发的天路历程将充满悲伤、负疚和恐惧。'我们以死亡的丰盛为食',真的是这样。朱利安和斯温伯恩都同意这点。

"当然,"伊芬继续说道,"我们应该永远避免自艾自怜。想象一下,在363年的波斯沙漠里,出了大岔子,然后,十六个世纪之后,我们一出生就发现拿着一手对我们不利的牌,当然不免要叫:'这又不是我的错,老爹。'你最好相信,别人也都是这种感觉,手气差是正常情况。历史的自艾自怜,并不比个人的自艾自怜更让人感兴趣。"

在这件事上，没人能怪罪伊丽莎白·芬奇。

她还有一个技巧，就是上课时一上来就问我们对某个特定主题知道多少。这可令人发怵。说到底，我们又知道些什么呢？我们对任何事情都没有专门研究。然而，她的方法令人鼓舞："没有错误答案，哪怕所有答案都是错的。"她那天宣布讨论主题是"奴隶制和奴隶制的废除"时，就是这么说的。

我来汇总一下我们的答案：威廉·威尔伯福斯，滑头塞姆之父[1]。哈里特·比彻·斯托夫人。第十三修正案，亚伯拉罕·林肯。最先将奴隶运到英国出售的非洲的奴隶贩子。他们有些是非洲人，有些是阿拉伯人。蓄奴在全世界都很普遍。英国皇家海军在公海上巡逻，拦截和搜查船只，执行反对奴隶制的法律。奴隶主因失去他们的"财产"而得到补偿，但没有奴隶因身为奴隶而得到补偿（杰夫所言）。

"对，"伊芬说道，"说得很好。"她的意思是，我们的回答大致符合她的预期。"请说出其中的一些日期。第十三修正案发布的日期。你们不知道吗？ 1865年。那《独立宣言》呢？对，1776年。清教徒父辈在普利茅斯岩登陆的日期？"这些问题引起了有点热烈的讨论，就像大学问答赛之夜那样。"1620年，非常好。最后一个问题：第一批奴隶被带到英国殖民地是哪一年？那个殖民地的名

---

1 威廉·威尔伯福斯(1759—1833)，英国废奴主义者，英国《废奴法案》的倡导者，其子牛津大主教塞缪尔·威尔伯福斯因善于演说布道而被称为滑头塞姆，后该词成为英国俚语，指那些能言善道的圆滑之徒。

字很讽刺,叫安乐窝。没有人知道?还是没有?"她停顿了一下,说道,"1619年。"

她暂时没有再开口,让我们自己去回味和计算:比如,奴隶和英国人是同一时间到达新大陆的,英国人在那个大陆上蓄奴的时长几乎是美国人的两倍。

"让我视野更开阔的,"对伊芬来说,总有这样一个人,"是欧内斯特·勒南,他是19世纪法国伟大的历史学家和哲学家,有一次他这样写道:'弄错它的历史,是作为国家的一部分。'请注意他没有说出来的话。他没有说,'弄错它的历史,是成为国家的一部分'。这话也是一句真话,但煽动性小得多。我们很熟悉国家所依赖的建国神话,以及它们狂热宣传的内容。比如,关于反抗占领、反抗贵族和教会的专制而展开英勇斗争的神话,这些斗争产生了烈士,他们抛洒的热血,灌溉了自由的幼苗。但勒南说的不是这个。他说,弄错它的历史,是**作为**国家的一部分。换句话说,为了相信我们国家所代表的东西,我们必须每天不断地在或大或小的行动和思想上欺骗自己,就像我们不断复述抚慰人心的睡前故事一样。复述那些神话:关于种族和文化优越感的神话。那些信仰:对仁慈友善的君主、永远正确的教皇和诚实可靠的政府的信仰。那些假设:在成百上千种异教教义和叛逆教派中,假设你生来就信,或后来选择皈依的宗教,碰巧就是那个唯一正确的教派。

"我们是谁和我们认为我们是谁,这两者之间是脱节的,这种脱节自然引出民族虚伪的问题:英国人就是著名例子。也就是说,在那些不可避免地被他们自己民族的虚伪所蒙蔽的其他人眼里,英国人是著名例子。"

说来奇怪,就是在这节课之后,安娜和我第一次吵翻了。这次,我俩和我们的小组一起在学生酒吧里喝东西。争吵由此变得公开化,言辞更加激烈。而且是她先挑起来的。

"我只是想说,我不觉得我个人对奴隶制有什么责任。"

"但你也是帝国的一分子,你同样占有过奴隶。"

"那这么说,每个欧洲国家都一样。包括踏马的比利时。"

我嘲笑她把"他妈的"说成"踏马的",要在其他时候,我会觉得很可爱。

"比利时人最坏了,"我顺着她的话说道,"看看康拉德写的《黑暗的心》。"

"但不管怎么说,我又不是踏马的比利时人。"

"好吧,你不认为有集体责任这回事吗?"

"说的就是,"杰夫打断道,"就像伊丽莎白·芬奇喜欢的那个日记作者领导的德国人。"

这通插嘴把我俩都惹恼了。

"我不觉得我应该,也不会为我们国家的士兵和商人在几个世纪之前的行为负责,我还没生下来呢。而且那时候,我的家族生活在荷兰最贫困的地区,跟奴隶也没什么两样。"

"首先,你的祖先不是奴隶,不会一时兴起就被买卖、强奸、折磨和杀害。其次,难道不应该由奴隶的后代来告诉我们,他们是不是觉得对他们的祖先犯下了可怕的罪行,而这种痛苦依然伴随着他们?"

"尼尔,加油,我们会成全你做一个左派的。"

"滚开,杰夫!"

不过,我没有看他,我只看着安娜。其他人都默不作声。

"你不能**强迫**我,让我觉得自己有责任,或者有罪。我不这么觉得。抱歉,就是这样。"

"我没有想要强迫你去做任何事,或成为任何人。你就是你自己。"

"谢谢你提醒我是这么回事。谢谢你允许我成为我自己。你的圣伊丽莎白·芬奇喜欢引用的那句话是什么?'有些事情……'"

天哪,现在**她**也开始攻击伊芬了。"有些事情取决于我们,有些事情并不。伊壁鸠鲁。"

"我知道这踏马是伊壁鸠鲁说的。我要说的是,荷兰奴隶制——我想你对它啥也不知道——不关我的事,你不能把责任推到我头上来。"

"我没有想要这样做。"

"你当然就是在这样做。"

酒没喝完,我们就走了,分道扬镳。就像他们说的,也许所有的争吵其实都是因为别的事情。不过回想起来,这是个转折点。

伊丽莎白·芬奇给我们上了一年课,结束时,我们需要提交一篇论文。写什么我们自己决定,主题可以(事实上应该)跟我们上课时讨论过的话题相关。我记得她狡黠地加了一句:"如果你们愿意,可以展示一下你们的作品。"我们没怎么太讨论论文,可能是害怕想法被剽窃。虽然伊芬的教学方式让我们深受激励,但它也清楚表明,我们的大脑里可没多少原创的想法。

我什么也没有交出来。我围绕着几个宏大的主题七拼八凑胡思乱想,什么历史真相的脆弱,人性的脆弱,宗教信仰的脆弱,诸如此类,但我不记得我写过超过一两段的内容。相反,占据我头脑的是人与人关系的脆弱和婚姻的脆弱。我已经离婚好几年了,我发现,不拖泥带水、合法地分手,是一个妄想。伤害、怨恨和经济困境,它们都在继续。心智最健全的人,也很容易变得执念加重、想要报复、自艾自怜,换句话说,就是精神失常,引起这种情况的通常是一封简单的律师函,或者与新心理治疗师的一次会面,或关于孩子将来的讨论,讨论气氛本该是成人对成人。我不会告诉你细节,我自己也不想纠缠在这些细节里。

我去找了伊芬,尽最大可能向她解释,这几个礼拜,我的脑子,和我的心一样,临阵脱逃了。

"对不起,"我最后说,"我觉得我让你失望了。"

我有点期望她会安慰我。但她没有,她平静地说:"我相信,这是暂时的。"

我想当然地认为,她是在说我的离婚后综合征。后来,我意识到她指的是我让她失望这件事,说这不过是暂时的。将来我会以某种方式证明,我值得她信任。这种情况经常发生:她说的话,你当时没听懂,但记住了,多年以后,你会恍然大悟。

我不是一个鲁莽的人。我在生活中做了一些可能被误认为是鲁莽的决定(结婚、离婚、非婚生子、在国外生活一段时间),但它们更可能是因为我太紧张或太懦弱。如果就像哲人说的,在我们的生活中,有些事情取决于我们,有些事情并不,而自由和幸福的关键,就是认识到两者的差异,那么我的生活就是哲学家说的反面。我总是摇摆不定、曲折向前:既想掌控一切,又意识到一切都没有希望,都远远超出了我的理解能力和生活能力。好吧,我想,和大多数人差不多。

我辜负了伊芬。她让我去做一件事,我却没有做到。她用她特有的方式原谅了我。她没有让我感到难受。于是,当我转身离开时,我停下脚步,那一瞬间真是紧张过度(因为我担心我可能再也见不到她了),我不敢正眼瞧她,只听到自己在说:

"这可能有些不合规矩……"

"什么?"

"但你愿不愿意……我的意思是……我们可不可以找个时间,一起喝一杯……或甚至……一起吃个午餐?"

这时我看向她,她在微笑。

"亲爱的尼尔,当然可以。我想午餐更令人愉快。"

于是,我的生命开启了另一个篇章。我们一年见上两到三次面,地点是伦敦西区一家意大利小饭馆,离她住的地方很近。交往原则很清晰,从来没有特意解释过。我会在一点钟准时到达;她会坐在那里抽烟。我们会吃当日的意大利面、蔬菜沙拉、一杯白葡、一杯黑咖。有一回,我到早了,没按套路来,点了小牛肉。"好吃吗?"她靠在桌子对面,热切地问,"失望了吧?"午餐会持续七十五分钟;一直是她来买单。每当我落座时,她就会说:"这回你给我准备了什么?"把找话题的责任交给了我。但完全没有问题,因为我知道,我只有七十五分钟时间和她在一起,我不仅要提炼我挑选的话题,而且某种程度上,不,绝对是,还要提炼我的智力。在她面前,我更聪明了。我懂得更多,更有说服力;我拼了命地想取悦她。

就像我已经说过的,她完全算不上公众人物;她也不想成为公众人物。她的性格和天赋都不适合出名。我怀疑她都不会去想这个问题。我记得有一次她提到克莱奥,那是希腊掌管历史的缪斯女神,通常的形象是手里拿着书本或卷轴,"在更开明的时代,美国人会把克莱奥奖颁给在广告方面表现优异的人"。克莱奥也是竖琴演奏的缪斯女神,然而伊芬怀疑,是否会有一群竖琴演奏者,在那些优秀广告人的窗下弹拨琴弦。伊芬的举止幽默俏皮,因此,至少对我们来说,既不傲慢,也不势利。这也是在说:不要被你们自己时代标榜的价值观所绑架。

在我们的午餐聚会中,有一次,我问她,为什么更喜欢给成年人上课。

"我并不为好奇心所动,"她回答,"讽刺的是,年轻人对自己更有信心,虽然他们的抱负在外人看来模糊不清,但在他们自己眼里却清清楚楚,可以实现。但对成年人来说……当然,有些人来注册上课是为了随性而为,但绝大多数人是因为感到生活中有所缺失,感到他们错过了什么,而现在他们有机会,甚至可能是最后一次机会,来纠正错误。我发现这一点非常感人。"

我回想起班上同学第一次见到她时的反应：带着某种敬畏，初次见面的沉默和尴尬，也有一些未说出口的兴味，这一切，很快都被一种真诚的温暖所取代。此外，也有某种想保护她的味道，因为在某种程度上，我们觉得她不适合这个世界，她的高尚可能会让她容易受伤。但我们也没有觉得高她一等。

后来，我还意识到，她对成年学生的描述，与我的情况完全符合；毫无疑问，这就是为什么我在拿到学位后，还要继续赖着她。可能这也是她允许我这样做的原因。

有时我会曲意逢迎；而她从来不会为了避免分歧，修正自己的思想和观点。我习惯了——不得不习惯。有一次，我们谈起公众对某个政治丑闻的反应，我说，这很正常，人都需要有个什么人来怪罪。

"正常并不意味着这是个好主意。"她回应道。

"可是，如果有人可以怪罪，就可以接着做点什么了。"

"譬如？"

"投票让他们下台。"

"认为政府上下台就能带来变化，这是经常会有的错觉。"

"这只是一个绝望的忠告吧。"

"不，这是一个现实的忠告。你看到过我绝望吗？"

"没有。但我打赌，每次选举你都投票了。"

"这是因为我确定地知道，这不会有什么影响。"

"那你为什么还要这样做？"

"公民义务。按期行事。"

听到这里，我有点失控了："这听上去太傲慢了。"

"对谁太傲慢了？"

"对……好吧，对其他选民太傲慢了。"

"你的意思是说，我应该全身心投入到他们的期望、梦想以及随之而来的失望中吗？那是政治家的主要功能：让人失望。"

"这听起来太愤世嫉俗。"

"我不同意，我不是一个愤世嫉俗的人。"

"那你是什么人？"

"我还没有虚荣到要给自己贴一张标签。"

她一如既往，异常平静。这有时让我很气馁。她是在戏弄我吗？还是仍然在教导我？

"所以你不是一个愤世嫉俗的人。那么，你是……一个无政府主义者？"

"从理智上，我看到了无政府主义的吸引力。但从现实角度看，考虑到人性乃曲木，它根本行不通。"

"所以你承认我们需要某种有组织的权力？"

"我承认我们需要有一个权力，不管愿不愿意。"

"所以宪政民主是迄今为止我们已知的最不糟糕的制度，对吗？"

"说这种话的，应该是民主党人，不是吗？"

"所以，你不是一个愤世嫉俗者，也不是无政府主义者，那你是……伊壁鸠鲁主义者？"

"伊壁鸠鲁肯定是一个睿智的心理学家。"

"我认为你是一个斯多葛主义者。"

"这个立场确实很有吸引力。"

"因为它能让你脱身?"

"亲爱的尼尔,你这样说就有点侮辱人了。"

"对不起,我……"

"哦,我一点也不生气。我只是指出,辩论争不过人时,就常常会人身攻击。你想往我身上贴标签,但我不是一件托运行李。"

我不依不饶,最后一次尝试道:"好吧,那么你是一个女性主义者吗?"

她朝我微笑:"那当然——我是一个女人。"

你看到了吧,跟她直截了当地交谈有多难?不,这么说是另一种侮辱,我意识到了。我的意思是:你有没有看到,对我,和像我这样的人来说,和她交谈,甚至平等谈话有多难?不是因为她在操纵谈话过程,她可是我遇到过的最不会去操纵人的女性,而是因为,她用不同的视角和视野,更开阔地看事情。

我希望你能明白,我为什么会崇拜她。她要比我聪明得多,我喜欢这个事实。当我滔滔不绝地跟安娜说起这一点时,她说我是智力上的受虐狂。而我并不介意这个标签。

有个问题值得询问,哪怕问得有点晚。起初我以为伊丽莎白·芬奇是个浪漫的悲观主义者;现在我称她为浪漫的斯多葛主义者。这两种情形是否兼容?它们可以共存吗?还是一个是另一个的结果?设想一下,伊芬一开始是个高高在上的浪漫主义者,后来,生活无可避免地给她带来了失望,她变成了一个斯多葛主义者,这种想法很吸引人。并不是说我有任何实际证据。但如果事实证明,她曾经订了婚,但在去登记处的路上被抛弃了?或者可以这样设想,她长时间沉迷在一段感情中,但突然被背叛,万事一场空。这样的叙述可以提供一个符合逻辑、事实上是"合乎自然"的解释,但从心理学上讲,也是平庸老套的;而对伊芬来说,平庸从来都不是理解她的钥匙。我宁愿相信,随着心灵和思想的成熟,她同时成为浪漫主义者和斯多葛主义者。很不寻常,难以置信吧?是,但她就是这样的人。

我和安娜的恋情持续了一年多,然后因为内在层面的不匹配,无疾而终。那些一开始让我们彼此吸引的特质,她的热情,我的冷静,变成了互相看不顺眼:就像一边是情节剧,一边是寡淡片。倒也没有造成真正的伤害,想来这正是寡淡人会说的话。但我们喜欢彼此,并且一直如此。

我一开始没有告诉她我和伊芬共进午餐的事情,因为……嗯,因为有些朋友我们想独占,有些不想。但有一天,我提起了这件事,当时我刚和伊芬见过面。我描述了见面时的情景,过程是怎样的,在哪里见的面,她吃了什么,喝了什么,但安娜看上去不是很感兴趣。

"这对你来说一定很美妙,"安娜说,"对你们两个都是。"

"是的,很特别。"

"那你之前为什么没有告诉我?"

"哦,我也不知道为什么。你也有些事情是不想告诉别人的,不是吗?"

"**你**才是这样的。"她说,语气很熟悉。但我不再对她的情绪负责了,所以我换了话题。

两天后,伊芬刚吃完她的意大利面,有人拖过一把椅子,坐到我们的餐桌旁。

"介意我加入吗?"安娜问,事实上她已经加入了。

"安娜,真高兴你来。"伊芬平静地说,似乎对这种不请自来,她已经习以为常,并总是坦然接受。

"我就是想,要是能再见你一面,会很高兴。你的气色看上去很好。"

"谢谢你,安娜,你看上去也不错。"

又一番毫无意义的寒暄后,伊芬站起身来。

"我走了,让你俩单独待一会儿。"她和安东尼奥简单说了两句,就头也不回地离开了餐厅。

"你**他妈**的以为自己是谁?"

"就是想再见她呗。这可是个自由的国家,不是吗?"

"并非总是如此。"

就在这时,安东尼奥走了过来:"芬奇夫人说,点你们喜欢吃的,她明天会来结账。"

我气疯了,但也为自己的愤怒感到尴尬。安娜的反应就好像我占有欲超强、情绪超紧绷,而她却是正常、温和并且自然的那一个。而且,她还让人觉得,她和伊芬的关系并不逊色于我。我总算克制住自己,没有说"你以后不要再这样做了",也没有说"原来真的有吃白食这回事"。相反,我就是生闷气,而她徒劳地想要逗我,说我在生闷气,我又徒劳地否认,然后……唉,你懂的,事情会怎样演变下去,对吧?

我给伊芬写了一封信,向她道歉,并解释说,安娜的到来与我无关(尽管我猜与我有关)。作为回复,我收到一张纸条,里面没有对我说的事情发表任何评论。她只是这样写道:"我们会继续对话。"我们的确继续对话,这让我很宽慰。

我们的午餐持续了将近二十年,我生命中宁静而灿烂的时刻。她会提出一个见面的日子;我总是保证自己有空。随着她一点点老去,不对,是我俩都在老去,她开始被常见的病痛和变故所困扰,对此她总是轻描淡写。但对我来说,她一直都没变,无论穿着、谈吐、胃口(小)还是烟瘾(顽固)。每次我到的时候,她都已经在那里了,我一坐下,她就会问:"这回你给我带了什么来?"于是我微笑,尽我所能,满足她的好奇心,逗她开怀,向她汇报我的情况,从失败的婚姻,到争气的孩子,再到东奔西走的职业生涯。她对精神生活永远充满兴趣。还有,她总会为午餐买单。

她曾连续两次取消约会,或者确切地说,是推迟。"因为人类皮囊不可预料但又不可避免的败坏。"她两次都这么说。我没能明白她快要死了。没有告别,没有召唤,没有遗言。我猜想她死的时候没有怨艾,不动如山,无声无息,几乎是秘密死去。一个叫克里斯托弗·芬奇的人,显然是她哥哥,给我发来葬礼邀请;直到这时,我才知道她不是独女。我们三十来个人，聚集在伦敦南区一家小教堂，里面有一座冰冷的砖砌火葬场。CD唱片里播放的是巴赫的音乐，朗诵了多恩和吉本的作品，然后她哥哥致了简单、感人的悼词，主要说的是他们的童年；他看着灵柩，流下眼泪。我认出几张熟悉的面孔，朝他们点了点头，离开时和克里斯托弗·芬奇握了握手，婉拒去附近一家酒吧楼上的包间，那里会有三明治和红酒。不知为何，我还没有准备好跟别人谈论她，问一些套路化的问题，得到一些套路化的答案。也没有准备好在守灵过程中，观察话声怎样变大，尴尬的笑声怎样响起，荡漾，然后喧闹起来。笑意味着一切安好，我们今天还活着，丽兹当然不会反对这样做，她不是扫兴的人，不是吗，关于我们的丽兹，这是你可以说的一件事情。啊呀，你还记得吗，那时候……不，我不想要这些。我也想避开大家竞相表现悲伤的时刻，在这样的场合，这么做总是很危险。谁最懂她，谁最怀念她什么的。我想把伊丽莎白·芬奇留给自己，所以我在脑海里带她回家了。

一份律师函通知我，伊丽莎白·芬奇说："我所有的论文和藏书都留给他，随便他怎么处置。"我受宠若惊，但又满心疑惑。她写的两本书早就绝版了。我心里那个梦想家在想，她会不会留下了一些不为人知的晚期杰作，我有幸可以公之于世。而我心里那个偷窥狂则想，她有没有留下日记，里面是内心撕裂的自我坦露；有时候，我庸俗的想象力比她教过的那些无赖学生强不了多少。我有点儿希望能有某个秘密被我发现，即使它只是……打个比方说，对赌马有点上瘾(伊芬进过投注店！或者打电话给——她可能会这样描述——"我的赛马场赌注经纪人"！)。但我的理智告诉我，所有这样的假设都是不可能的。我期望伊芬会像控制她的生活一样，控制她的身后事。也许会有一张简短清晰的纸条，告诉我怎么做。

我去了伦敦西区一栋红砖公寓楼，以前我从未受邀去过那里。那地方看上去像是曾经有过穿制服的门房；如今门房被简化成了前门的密码。在那里等我的是克里斯托弗·芬奇，她唯一的兄弟姐妹和仅有的遗嘱执行人。他性格开朗，一头白发，两颊红润，体态圆润，穿着短大衣和蓝西装，系着军队专用英式斜纹领带，看上去平淡无奇，毫不神秘；而他妹妹却是那样特别，难以捉摸。

"我真的不知道这是怎么回事。"我说。

"我也不知道。但无论如何我是文学的门外汉，虽然我喜欢好听的故事，让我散心的东西。"

"是的，我们都需要那样的东西。"

"呃，可我读的是我妹妹会瞧不上的那类。"

"我想，她没有人们想象的那么瞧不起人，"我说道，然后觉得有点多嘴，"对不起，你是她哥哥。"

"是啊，但是你该不会告诉我，她看得上阿利斯泰尔·麦克林、戴斯蒙德·巴格利和迪克·弗朗西斯吧？"[1]

"我真希望我看到过她试着读上一本。"

---

[1] 阿利斯泰尔·麦克林(1922—1987)，戴斯蒙德·巴格利(1923—1983)，迪克·弗朗西斯(1920—2010)，均为英国通俗小说家。

他轻笑起来:"就好像你无法想象她会狼吞虎咽吃一顿全套英式早餐一样。"

她的公寓干净整洁,基调是米色和棕色,书籍和小版画都靠墙摆放,还有一盏标准的大灯罩台灯。客厅里没有电视,厨房里没有微波炉;只有一个小冰箱、一个古董燃气灶和贝林宝宝牌烤箱;地板上放着一个纸板箱,里面装满了手提袋。一张单人床,大小合适的衣橱,还有一盏电力不足的床头灯。房间里看不见绿植。一排黑胶唱片边上,立着一台老旧的便携式电唱机。罗伯茨收音机是原装货,不是复古型翻版机。因死亡而空置的公寓和房屋,常常让人觉得被遗弃,凄凉而沮丧;这很正常,在悲痛中,我们把它们当成了人。但不知何故,这种方式并不适用于这里,也许是因为伊芬从来没有接受和热爱过这个地方,她只是住在这里而已。作为回应,公寓(我怎么说才能不太拟人化)也无动于衷,甚至,感觉还高我们一等。

我扫了一眼书架:"戴斯蒙德·巴格利的书显然缺货。"

克里斯托弗·芬奇大笑。

"你最后一次见她是什么时候?我的意思是,如果我可以问……"

"她去世前几天。不过,在此之前我们有一年多没见面了。以前我经常进城,我们会一起吃午饭,在一家不供应酒的茶馆。你能想象,让她屈尊来看我,并不容易。"

"你住在……?"

"埃塞克斯。那要坐一整趟火车呢。"

他话里有些嘲弄,不过没有怨恨,只是承认他妹妹就是这样的。

他继续说道:"以前我每隔几个月就会来看她。但这些年来,次数越来越少。"

"她善于拒人千里之外,"我说道,"彬彬有礼,但态度坚决。"

"那是在你看来。一直到她临终前,她都没有告诉我她病了。我猜她不想告诉任何人。"

我们看了看对方。很难想象还有比他们更不像的兄妹了。甚至连表达礼貌的方式都不一样。

"我想你最好快去忙你的,我呢,有个不太实际的想法,我去看看,冰箱里兴许有酒。"

一个没有上锁的文件柜,里面放着跟银行、律师、会计、住房保险等有关的一切文件。她的遗嘱直截了当。

她的书桌是用英国橡木制成的工艺品,唯一一件不是只有实用性的家具。也没有上锁,里面有文件、笔记本、论文和打字稿。

"我不知道该怎么处理。"我说。

"你干吗不把这些全都拿走?任何属于这家里的东西,你都可以带回去。"

被信任的感觉真好。我说我会在适当时候向他汇报,也许还可以带他去吃午饭。

"你随时可以来埃塞克斯,"他回答,"也就一趟火车。"

"顺便问一下,她什么时候立的遗嘱?"

"哦,很久以前了。大概有十五到二十年了吧?我可以帮你查一下。"

"谢谢,麻烦你了。"

我们握手告别。我带走了她书桌里的东西。大概一周以后,她所有的书都被仔细打包,送到了我的公寓。

好几个月,这些书都没开箱,她书桌里的文件我也没看。不是因为责任太重,让我踌躇,更多是因为迷信。她的身体消失了,按照她的遗愿被火化了;她的记忆,被保存在她的家人、朋友和以前的学生那里,也会一点点燃尽。但是在这里,在我的公寓里,存在着某些介于身体和记忆之间的东西。故纸堆,在某种程度上,能够释放出生命。

我怀着复杂的道德情感,试探性地拿出了几本她的笔记本。这些笔记本又小又厚,红黑相间的硬面,都是从上海飞鹰公司进口的便宜货。这让我很惊讶:我本以为会是色调素雅的牛皮封面。不过,随后我想起来,当年我发现她在玳瑁盒子里优雅地收藏着廉价香烟时,也感到过相同的惊讶。伊芬为这些笔记本编了号;有些缺了,没有一本标注日期。它们也没有内在的先后顺序;显然她常常会回过头添加评注,更正内容。这些文字都是用我称之为野生斜体,或个性斜体写的。通常用的是铅笔,好像在说:所有想法都是暂时的,也都可以被擦掉。她的笔迹变化多端,我猜不出是因为年龄、劳累还是情绪。

我给自己倒了一杯酒,然后随意翻看。

——在自怨自艾的时代,成为一个斯多葛主义者,会被说成冷漠;更糟糕的是,被说成冷酷无情。

——个人的就是政治的——这是十年来的口头禅。抱怨很轻易。但情况正相反,个人的就是历史的。(而且,别忘了,个人的也是歇斯底里的。)

——奇怪的是,男人竟然要说服自己性欲是一种情感。事实上,它是最基本的情感之一。

——很多人将感到内疚和获得赦免混为一谈。他们不太清楚,两者之间还有很多个阶段。

——一名女子最近形容自己"异常诚实"。真是一派胡言。诚实没有程度差异。谎言才有程度上的不同,但那是另一回事。

——"哲学家们对激情的数量没能达成一致。"AC.

不行,打住。这才刚开头,我就已经把它变成了《伊丽莎白·芬奇警句格言录》。她会讨厌这种情况的:就像那三个形容词描绘法,这是错误描述。我要是这样编排她的文字,就违背了她的意愿。我甚至都不能确定这些都是她自己的想法。譬如最后一条(关于激情的数量),显然引自他人。

还有这条:"当前的任务是纠正我们对过去的理解。当过去无法被纠正时,这项任务就更加紧迫。"这可能是伊芬的原话;但它同样可能是转述过去两百年里欧洲哲学家兼历史学家的看法。

有些条目就一段,有些占了一整页,有些有出处,但很多都没有。有些是片言只语,或是一时兴起的想法:

——圣塞巴斯蒂安 // 刺猬。

还有这里,在页面顶端,只有一对首字母缩写:

——PG

是指那个作家P.G.伍德豪斯?还是杂志《父母指南》?或者指她最喜欢的红茶包品牌PG Tips?

还有一个写在页面顶端的单独条目:

——J,死于三十一岁。

这个让我兴趣大增。简单、哀切的词句。我是怎么说我心底的偷窥狂来着?我立刻想象了一个年轻男子,他对伊芬有着不同寻常的兴趣。我让他身材匀称,个子要比伊芬高。他是她的表兄弟,或者,是克里斯托弗的一个朋友?是她的初恋?但为什么我立刻确定J是个男人?但不管怎样,是她深爱着的某个人。肯定要比她大几岁。然后,三十一岁就死了?突发罕见的癌症,摩托车撞车事故,吸毒过量,甚至有可能是自杀。伊芬悲痛欲绝,心如死灰,封闭自我很多年……或,事实上,再也没有打开过心扉?

我大吃一惊:主要是,我随心所欲的思绪,吐出来的却是俗套的言情剧。伊芬要是知道她的门徒是这样的人,该有多尴尬。可是……

几天后,克里斯托弗打来电话。

"她是十八年前立的遗嘱,没有附加条款,只做了简单公证,律师向我保证的。要搞清楚什么附加条款,意味着至少要花一年时间。"

"谢谢你。请问……"我不知道怎么说才好。

"直说就是。"

"好吧,可能听着有点奇怪。但是,她年轻的时候,是不是有个叫J的朋友?"

"杰?是杰出的杰吗?"

"不不,就是首字母J。我不知道J代表了什么。应该是认识伊丽莎白的人。有可能是你们的朋友。"

"唔,J是一个很常见的名字开头字母。约翰,吉米,杰克。对了,我有个老朋友叫杰克·马丁,有点女人缘。他总是说:'永远不要相信有两个教名的男人。'哈哈。那么杰克认识丽兹吗?如果你想,我可以给他打电话。"

"不不,没必要。我想打听的J三十一岁就死了。你记得你的圈子,或者你们家的圈子里有这样一个人吗?"我不想加一句,这可能是个女人。我和他才刚认识,这么问有点为时过早。

他想了一会儿。"我们认识的人里,这个年纪就死了的可不多。对了,本森,他肯定是三十岁左右死的。可怜的家伙,跑进林子里上吊了。"

"他认识伊丽莎白吗?"

"哦,不,他是那个,我该怎么形容呢,酒友俱乐部的成员。现在我想起来了,他的名字叫托比。"

"好吧,如果你还想起来什么……"

"当然,没问题,你有时间的话,可以来乡下看我们。一趟火车就到了。"

以下摘自伊芬的笔记本:

——对成功会自鸣得意,对失败同样会自鸣得意。

不用说,两样她都不会。我怀疑她从来都没有想过自己是成功还是失败。

那么,我呢?我最喜欢的孩子内尔,才十三岁,有一次这样说我:"爸爸是个挖坑大王。"想起这个突如其来的真相,我笑了;同时,被一个思想敏锐的少年审视,我也很高兴。但我是不是有点自鸣得意了——这是问题所在。

婚姻算不算是"坑"?我想是的,即使开始时不觉得是坑。我挖的两个坑都"没有填上",因为它们都被终止了,尽管不是我叫停的。我说过,我干过很多工作,尤其在如今所谓的"餐饮业"里;我甚至一度是一家餐厅的半个老板。如果这个坑"挖了没填",我会把锅甩给当时的经济衰退。我曾经花了一年左右的时间,翻新老爷车出售。我有大把的精力和热情;作为一个演员,我学东西很快,但我总是心浮气躁。我努力让自己的教育水平,要高于大学毕业时候,即便在外人(或妻子)眼里,我只是看上去读了很多书而已。谁知道呢,当我白发苍苍的时候,我甚至可能会去学习陶艺;我听说这件事可以让人极其心满意足。

但我并不认为所有这些挖来填去意味着失败;我也不会对此自鸣得意。自鸣得意的反面是什么?深感歉疚?憎恨自己?是不是这样的情绪,就证明我人格正直?当然,我对我的婚姻感到内疚,我承认,这两次婚姻的失败,我的责任大概占了百分之四十五。但我该不该觉得更内疚呢,免得被贴上自鸣得意的标签?好吧,我怀疑太多人会对这个问题的答案感兴趣。

奇怪的是,尽管克里斯托弗邀请了我好多次,我还是没有去埃塞克斯。也许我下意识地站在了他妹妹这一边。但每次他来城里,我都会义不容辞地带他去一家可以喝酒的餐馆。他已经把公寓挂牌出售,并收到了几份报价。作为回应,我告诉他,他妹妹的文稿很有趣,但也让我有些困惑。他同情地笑了起来。我说,或许有些内容可以出版,但我不是很确定。就私下说说,我认为可以出一本薄薄的格言和评论集,印上个一百本,或许是条路。

"没问题,一切都交给你。伊丽莎白显然信任你,所以我也信得过你。"

我深受鼓舞,一半是因为他的承诺,一半是因为他的坦诚。

"你们两个原来这么不一样,真的挺怪。"

"你这话说得太委婉了。"

"那你们的父母是什么样的?"

"介于我俩之间吧。这意味着我们两个都让他们失望了。哦,也不是太失望，毕竟，就像俗话说的，我'让他们抱孙子了'。但我觉得，他们本来是想让丽兹更传统一些，我嘛就更……前卫一些，这只是我的猜测。"

学校毕业后，克里斯托弗去军队服了短期兵役，然后接受了会计培训。最后他将这两段经历结合起来，开始为某个军团做账。我以前从来没想过，军队里也会有会计师。

"求安稳。"他说，似乎有些自责，"安稳。"

"以前没人叫过她丽兹。"我说。

"我们还是孩子的时候，我经常这样叫她，后来她不让我这样叫了。当时我大概十岁，所以她应该七岁左右。她告诉我，她的名字叫伊丽莎白，而我叫克里斯托弗，不是克里斯。我自然听她的。不过，在心里，我一直叫她丽兹。对着干，是不是？"

"你们两个亲近吗？"

"很难说亲近。我是她哥哥。我父母说，照顾妹妹是我的职责。但是她不想要别人照顾。她从来不跟在我屁股后面，倒是我常常跟在她后面。"

"你们一起玩游戏吗？"

"你为什么要问我这些有的没的啊？你该不会打算写什么关于她的东西吧，是不是？"

"不不，完全没有这样的打算。"（真是这样吗？）"我就是胆子太小，我想，她活着的时候这些都没敢问过。我甚至从来没听说过她还有个哥哥。我想，我就是想赶紧多了解她，尽管从某种意义上来说，显然为时已晚。"

"都一样。"他举起酒杯应道。

"你有几个孩子?"(我为什么要问这个?我又没打算为**他**写传记。)

"两个。一男一女。伊丽莎白是个好姑妈,一个特立独行的好姑妈。"

"当然了。不然呢?"

"她从来不会忘记他们的生日,也不会忘记圣诞礼物。如果我送他们去城里,她总是会在火车站出口等他们。孩子知道,他们完全可以信任她。他们会一起去博物馆或画廊,她总是会让他们觉得很好玩。她不会说'这是大师的杰作',但她会让他们站在画前面,过了一会儿,问类似'你们看见背景里那只松鼠了吗?'这样的问题,然后他们一起去吃午饭。她会给他们买冰淇淋、巧克力什么的。当然了,她并没有带他们去游乐场,如果你懂我在说什么。"

伊丽莎白·芬奇坐在碰碰车上——画面感好强。

但他的情绪突然变了。

"她在医院的时候,跟我说了一件趣事。不,我的意思是怪事,一点也不好笑。看到她瘦得脱形,太可怕了。虽然她正当年的时候,身上也没有几两肉。不过,我得说,她让病号服也看起来很优雅。你可以想象,我快绷不住了。但我知道,她不想我崩溃,也不想我说那些以前从来没说过的话。所以我能说的,只有'真混蛋,癌症,太他妈混蛋了。丽兹,这他妈的真的太混蛋了'。

"她转过头来看着我,我看到了她的眼睛,你还记得它们有多大吧,现在它们在她骷髅一样的瘦脑袋上,巨大无比。她淡淡一笑,低声道:'亲爱的克里斯托弗,癌症在道德上是中立的。'你说说,这话什么意思?"

我沉默了。我在回想她的教诲。我本可以说一说铁路和单一作物,但我不认为这会有任何帮助。所以我只是说:"我想她是在以自己的方式,对你表示赞同。"

他没有让我解释,只是笑道:"那很好。"

我们两个默默坐了一会儿,我又要了一瓶酒。

"嗯你……能不能问你……她有没有跟你说起过她的私生活?"

"你认为她会跟我说吗?"

"我认为不会。"

"我知道的就是,她本来可以结婚的。有过好几次机会。有一连串的和尚可以嫁。"他的声音里隐含着事后的愤怒,甚至是怨恨。

"你有没有见过她和男人在一起?"

"从来没有。不对,实际上有过一次,纯属偶然。我们约在某个地方见面,不是车站,是某个公共大厅,我到早了。忽然,我看见了她,隔着大约十五码远,她正在和一个家伙告别。那人很高,穿着双排扣大衣,我只注意到了这些。因为我的注意力全在她身上,她伸出双手,平放在身前,手心朝下,而他将它们握在手里。或确切地说,他把他的手放在她的手下面,手心贴着手心,这样她就可以按上去,然后,得到了这个支撑点后,她开始单腿站立。我以为他们接下来要接吻,但没有。这情形就像她要爬上去,更近更仔细地看他的脸。然后她那条没有落地的腿,似乎在往后伸,与站直的腿形成直角。这看上去……很奇怪,就像一只鹳或别的什么鸟。火烈鸟。"

想起这件事情，他看上去还是有些尴尬，哪怕已时隔久远。他的脸颊本来是正常的粉红色，就像乡村人那种脸色，或至少是长年坐在露天酒吧里那类人的肤色，但此时此刻更深了些？这并不重要，就算没有变深，他的不安也是很明显的，就好像他撞破了她和那个穿长大衣的同伴在床上，"然后她双脚着地，放回身子，把她的手从他的手上拿开，看着他离开。"

"她有没有发现你看见了她？"

"没有，我知道我不该做什么，也不该说、不该看。我是说，从我们以前的生活来看，这是不言而喻的。但有什么东西触动了我。我不知道该怎样形容，义愤填膺吧，诸如此类。当时我走上前，吻了吻她的双颊，但和往常一样正式，随后说：'你那个男朋友是谁？'她愣愣地看着我，只有丽兹会有这样的反应，然后说：'哦，那个人？**谁也不是。**'就此结案，证人离席。"

我完全想象得出当时的情况。"她那时应该是……？"

"四十出头。"

要是她还在世，我可能会这样想：这就是伊丽莎白·芬奇留给你的——你还指望别的什么！但现在她不在了，可以想见，对克里斯来说，回想起那一刻该有多痛苦。一扇门可能被打开了，但随后他妹妹当着他的面砰地关上了，好像在说：回到你的窝里，继续过你那套老日子去吧。

奇怪的是，后来，每当我想象或重构那个场景时，**我都很尴尬**，好像自己也在那个公共大厅里。克里斯的描述不知何故变成了我自己的记忆。而我的反应，也和克里斯的一样，感到伊芬没有权利对我不屑一顾,就好像她真的这样对待我了一样。

以下摘自伊芬的笔记本:

——我问我的全科医生,如果到了这样一个时间点,病人已无治愈的可能,也无法再忍受病痛,他或其他人是否能给我安乐死。我还补充道,当我在未来提出这个要求时,肯定保证神志清醒。他表示了同情,但也遗憾地说,这样的行为是不被允许的。我回应道,不管怎样,我都没法再起诉他了,不是吗?

——葬礼悼词和报纸上的讣告都有套路。逝者有什么美德都给你小框框勾选好了。这是公开的秘密。但它依赖的是套路不那么明显的记忆。

——然后,还有第三次不可避免的套路化,也就是死后的记忆。直到最后一个活着的人,最后一次想起你。应该为这最后一次念想起一个名字,因为它标记了你最终的消亡。

——以上这些都不该被误认为是自怨自艾。

——我不会错误地认为,在宗教或种族驱逐与迫害发生前,存在着一个和谐社会。显然不是这样:什么驱逐的真正目的是让国家更和平。什么摆脱制造麻烦的人,恐怕正是我们在给这些人制造麻烦。什么让国家只有一个种族,一种信仰,这样,在这个最美好的可能世界里,一切都将是最美好的。毫无疑问,这个计划从未成功,出于两个原因:第一,敌意还是会继续,不在国境之内迫害他者,就会去国境之外,在他者的国境之内迫害他;第二,减少人和人之间的差异,并不会带来内部的和谐,对微小差异的自恋会确保这一点。

不用说,她的文件里没有情书。我想象她一直在阅读那些情书,直到完全吸收了里面的内容,然后就把它们扔掉了,或也许一次性全部扔掉。显然,我已无从得知。不过,她记忆力超好,也反感杂碎,所以我会有这个结论。当然,她对杂碎的定义,比大多数人的理解更宽泛。

以前我偶尔旅行时,会给她寄明信片。她从来没提收到了,也显然一张没留。有一年,我在法国一家省级博物馆买了一张明信片,画面是伯纳德·贝利希的盘子。你可能知道他做的东西。我想,他应该是16世纪的人,制作的陶器风格奇特,色彩鲜艳,他经常会将"错视画"烧制在盘子上,比如画着水果和沙拉叶子的逼真之作,上面还可能趴着一条蜥蜴。我觉得它们是餐桌上的装饰品,而非实用的餐盘:就是话题,有些人会说。我一直觉得它们很有趣。不管怎么说,下一次和伊芬共进午餐时,我没有依循我的良好判断力,而是问她是否收到了伯纳德·贝利希的明信片。她的回答就如我预想的那样:"哪哪都是他。"

毫无疑问,我再也没有给她寄过明信片。还有,我也知道,我的描述让她听上去有些严苛。不,她不是严苛的人。是,她是的,但她会用轻松、调侃的语气做出她的判决。"没有依循我的良好判断力",是的,我从奥利亚克寄出明信片之前,就该预料到这个结果。

还有"很有趣"这一点,就像伊丽莎白·芬奇告诉过我们的那样,她要的是"高标准的趣味",她不要"很有趣",也不要"多愁善感"。如果她的侄子侄女结束了伦敦之行,给她发来感谢信(我肯定他们会这样做),可以想见,信会被仔细阅读,但"活"不过当天。我猜圣诞卡或生日卡的寿命会更短。或许伊芬认为她不会(或超越了)多愁善感。不,这么说不公平,因为这么说意味着她可能曾经反复思量过这个问题。可她可能从来没去想过。她只是以自己的方式,自己的标准,生活着、感受着、思考着,还有爱着(这点只是我的猜想)。关于杂碎也是如此。我们多数人都会死抓住自己的感情生活不放,陶醉在那些细节中,无论好坏,无论荣辱。而伊芬知道,这些感情生活里也包含着杂碎,这些杂碎需要被清除,这样你才能更清楚地去看、去感受。还是那句话,我只是猜测。

克里斯托弗和我成了朋友。朋友一词用得对吗?他每隔六到八周会进一次城,"牙又崩了""给老婆买礼物""为了一条狗要见一个人",然后我们会一起吃午饭。从我的立场来说,他是我和伊芬之间的纽带;从他的立场来说,我想,我是他生活里出现的一个新人,还算好相处。我总是会买单。当然,他会表示反对,但我说这很公平,因为他妹妹请我吃了那么多次午饭。然而朋友——这个说法是什么时候冒出来的?

有一次,克里斯托弗问起我的打算,语气听上去没有任何敌意,只有一丝疑心。

"打算?"

"是的,你还在问我关于丽兹的事情。"

这似乎是我们还在保持联系的明显理由。但不止于此。"我说过,我不想让她走。而且我也不想让她在我的记忆里僵掉,凝固为一连串固定的逸事。"

他小声嘟哝了一句:"你是打算……"说到这里,他在空中比画了一下双引号,"'为她写传记'?"

"说实话,不好说。她活着的时候,留下了太多的空白和禁区。"

"说得太对了。"

"我想她会讨厌这个主意的。就像一个美国作家曾经说过的那样,有人'在你的生活上爬来爬去'。"

"谁?"

"约翰·厄普代克。"

克里斯托弗摇了摇头,表示自己不知道,这种无知无伤大雅:"有人写过他的传记吗?"

"哦,有。他死后不久。五年左右吧。"

"明白了,你有你的想法。"他语气很坚决。他直直地看着我,淡蓝色的眼睛都要从粉红色的脸颊上瞪出来了。我无法确定他这是表示赞成还是反对。

"你的意思是……?"

"她死了,你还活着,你说了算。"

他让这话听起来理所应当,甚至有点残酷。事后,我对他的坚决产生了怀疑。在他们的有生之年,伊丽莎白虽然年纪更小,但一直都在扮演年长的那一个。难道现在死亡颠倒了这样的等级关系？会不会就这么简单？

　　男女之间的关系时常让我困惑。（我对男男关系的困惑会少一些，而对女女关系几乎不会困惑：后一对看上去合情合理，不仅仅是品味，也是必然，就看看世界已经被男人搞成啥样儿了。）男人和女人：误解和误读，虚伪或偷懒的约定，善意的谎言，伤人的清晰，无端的冲突，可靠的亲切（其实根本不付出情绪），等等。我们几乎不能理解自己，却又期望能理解别人。就我自己而言，我离过两次婚，和不同的女人生了三个孩子。但这意味着我对事物的理解更透彻，还是更迷糊？这当然意味着我不愿意给出忠告。但正如我说过的，很少有人来征求我的忠告，所以我很少面对这样的情况。

　　我以前认识一个人，他的生活和婚姻看似很幸福，他是一个好父亲，工作很稳定，总是向全世界展示他的慷慨笑脸。他开始了一段婚外情，这是不是他第一次出轨，我不知道，对方就是那种男人想要跟她偷情的女人。她比他妻子年轻十岁，但在社会阶层和开朗性格上没有什么不同。也许比他妻子喝得多点儿，抽得凶点儿，至于性，这种事情谁知道呢？不过，她没孩子。她四十不到，他也不到五十。通常有些问题需要讨论：孩子们怎么办（两个孩子都十多岁快二十岁，都是问题少年）？他天生头脑清醒，但这是全新领域，所以他犹豫不决。是的，他会告诉他妻子，肯定，就这个周末，他发誓；是的，他会离开她，肯定，就这个周末，他发誓；她一定要有耐心，这一切对他来说都是新情况，是的，他当然爱她。来回几遍这样的最后期限后，最后，他决定当机立断。是的，肯定，就这个周末，我要破釜沉舟；他要把事情告诉妻子，然后在星期天晚上来找她。于是，在星期五、星期六和星期天的大部分时间，他向妻子和孩子们坦白：包括他的婚外情和离开的决定，以及到目前为止他对未来的设想。然后，他收拾好两个行李箱，叫了一辆迷你出租，来到了情人的家门口。他的情人甚至都没有摘下门上的防盗链，只是透过门缝告诉他，直接回你妻子身边去。

我知道的就这些。我是听来的，也许轮番转述让它变成了一个故事。我没法量化其中的伤害，也不可能去追踪和解的过程，更不会将自己代入当事人的内心世界。毫无疑问，某种程度上，这故事很老套，但它发生时，对当事人来说，它并不老套。

我一个人住有些年头了。你可能猜到了。尽管我会说，这不是我的故事。

以下摘自伊芬的笔记本：

——"世界几乎没有什么秩序，因为上帝创造它时是单干的。他本该咨询几个朋友，第一天咨询一个，到第五天再去咨询一个，然后第七天再一个，这样的话世界就完美了。"AC.

她的笔记本里有各种内容：结构完整的论证，相关引文，私人笔记，回忆和纯粹乱写。"棕色鸡蛋"就是这样一条，它有可能是伊丽莎白·毕晓普的一首诗，也有可能是一张未完成的购物清单里的第一项。纯粹从文字上来说,它就是伊芬所称的"奥拉泡德来达"[1],这个短语可能会让我们中一些人事后赶紧去查字典。

我在七号笔记本里发现下述内容,它们被整齐地分成两栏:

伏尔泰	蒙田
吉本	汉斯·萨克斯
卡瓦菲	托姆·冈恩
易卜生	席勒
塞缪尔·约翰逊	洛伦佐·德·美第奇
法朗士	斯温伯恩
E. 沃?	G. 维达尔? 希特勒?

我盯着看了一会儿,然后想起她在第一堂课上说过,她会给我们一个自由选择的阅读书单。如果这就是那个书单,我想我会觉得有点沮丧。

以下是一些更私人的条目:

——我母亲临死前告诉我,她不久后就会从天上看着我,等待我和她重聚的那一天。她没有表示过,她期待和她丈夫重逢,无论是以哪种形式。在这种情况下,我能做的,只有微笑,拍拍她的胳膊。而她去世后,我从来没有感受到她俯视的

---

[1] olla podrida,西班牙的大烩菜。

目光，无论是实在的还是推想的，甚至在某些她肯定会感到尴尬或羞耻的时刻也没有。她只是灰烬而已，而我父亲，是更早的灰烬。我一直知道。

还有这样几条：

——我年轻的时候，身边就有那种"未婚阿姨"，从她们的称谓来看，她们的身体没有被动过，她们的贞操被安全地送进了坟墓。老处女一词现在已经过时了。不嫁的女儿为丧偶的父母料理家务。姐妹俩年复一年地生活在一起，每个都担心会有男人带走另一个，也许每个也都希望有男人为她们而来。（契诃夫。）她们的独身带给她们某种社会地位，尽管里面同情的色彩和钦佩一样多。我不属于任何一种。我不想要一个姐妹来分享我的生活，我也拒绝（诚然，并没有这么要求我）赡养我寡居的母亲，除了保持距离、出钱资助。至于心灵生活，随你怎么猜，但怜悯就不太合适；事实上，怜悯是一种侮辱。这不是说我能阻止别人怜悯。不过我也不关心。

——"忠贞，对女人来说是美德；对男人来说是难事。"AC. 啊哈，这是男性格言的滑稽之处。对此，我会说：

——对女人来说，爱情历来事关占有和牺牲，也就是说，先是被占有，然后被牺牲。这事情依旧在全世界范围内继续。伪装越好，"回报"越高，但永远存在。我这一代人在反抗这点（在任何意义上都不是首次）。我们看着我们的母亲、阿姨姑姑、奶奶外婆,看到女人在结婚(或不婚)时被他人、也被自己所定义。少数人勇敢地进行抵抗,但大多数人都在余生中屈服了。尽管我是一个很有原则的人,但我意识到,我也不能幸免。

这里有两条笔记,显然是在不同时间写下的,都是用铅笔写的,一条比另一条颜色更深:

——M:去哪里?

然后,下面是:

——M:为什么?

不知为何,即使只有两个首字母、两个单词和两个问号,在我读来绝对就是伊芬的语气。但你要是问接下来两个问题——"M:什么时候?"和"M:谁?"——我就没办法回答了。

我意识到我在让她显得是个"神秘女人"。她不是:她没有一点"神秘感"。她的表达总是极其清晰。她告诉你的都是真实的,而且因措辞准确而愈发真实。但是,当她不想告诉你某些事情时,她会清楚地表示,她现在不想说,将来也不会说。没有模棱两可,没有会意的暗示,没有随手的回避。"哦,那个人?**谁也不是。**"这句话里没有任何神秘的东西。它是一个谎言,但她说出来时就知道你会理解的，因此它成了真相。

当我们作为学生，对她展开幻想时，总是倾向于幻想她是浪荡的，或是魅力四射的。为什么我们从来没有做过相反的幻梦：想象她是禁欲的、自律的、避世的？我可以很容易就将她想象成中世纪女修道院的院长，掌管着这个地方：常春藤覆盖的石墙、静默、顺从、祷告和牺牲……但是，不，这样的想象立刻就崩塌了。伊芬不是修道院院长，不是圣厄休拉，更不会是厄休拉的那十一个，或十一千个处女之一。

她的笔记在结构上没有规律可循。它们涵盖了各种内容：从私密到正式；从个人反思到课堂讲稿。这里有一组连续条目可以作为例子：

——人工、严谨、真实。文明里的人工和衣服里的一样多。人工不是真实的反面，而往往是它的化身，这让人工不可抗拒。

——怜悯是挑衅的一种形式。事实上你要对怜悯保持警惕。

——当然，我这类女人已经过时。这并不是说我曾追求过时髦，或者说我真的时髦过。我更想要的是可持续性。

——哦，他们说，她从来没结过婚。他们描述和概括一个生命，方式就这么简单。

——我要的朋友就这么多。总的来说，他们之间没有关联。这让他们中的有些人会想象他们在我的生活中很重要，但事实上并没有。另一些人,恰恰相反。

——过去总是这样,一段关系破裂了,都是女人的错。如果是男人跑路了,那就是女人没本事留住他;如果是女人跑路了,那是因为她轻浮,或不肯包容,要么是没有耐心。而事实是,她可能已经厌烦到了极点。

——那个学生很严肃地告诉我,她不喜欢《包法利夫人》,"因为爱玛是个坏妈妈"。天哪。

——不要误以为我是一个孤独的女人。我是独居,这完全是另一码事。独居是强悍,孤独是软弱。而治愈孤独的方法就是独居,智慧的MM曾经指出过这一点。

——人们说,我不用听见就知道,"呵呵,她过得不顺。我想知道为什么会这样。也许是她太拧巴,太难搞了"。他们知道什么?我就常常想知道,这个令人满意的"顺"里,到底有些什么?一份同床异梦、怯懦隐忍的共同生活吗,当他在你身旁心满意足地打鼾,你的一部分自我忍不住想拿起面包刀对准他的咽喉。

——"苍白的加利利人啊,你已经胜利了。"这是历史出错的一刻。罗马人将当地神灵收入囊中。一神论战胜了多神论。它们的影响从生活一直到心灵。一神论/一夫一妻制。"但爱随着背叛而苦涩。"[1] 爱注定了它的信徒只能"差不多幸福"。一神论总是在加强性正统观念。

---

[1] 还是出自斯温伯恩的诗《冥后赞歌》:"月桂绿了一季,爱情甜了一天;但爱随着背叛而苦涩,月桂活不过五月天。"

然后我读到了下一个条目，立刻就知道我该去做什么了：

——他们说事物是由基因、父母、遗传、气候、饮食、地理、子宫里的养育期、先天和后天共同决定的，他们听不见房间里嚎啕的大象：历史。如果他们听见了，他们会认为历史是在他们和他们父母的有生之年里发生的事情：一次入侵、一场屠杀、一回蝗灾，而任何更为久远的历史都是惰性的，不会和当下产生化学反应。但我建议不要只盯着希特勒和斯大林，去看一看君士坦丁和狄奥多西。如果你想找一个人去崇拜，试一试朱利安。报纸会称他为"一个坚持到底的英雄"。

他就在这里，突然出现在我面前。"J，死于三十一岁。"J就是叛教者朱利安，罗马最后一位异教徒皇帝，他在波斯沙漠里被杀，被苍白的加利利人战胜。我拿起写着阅读书单的笔记本，回到门厅里的书箱前。斯温伯恩，当然了。法朗士，他写过一篇关于朱利安的文章。《易卜生文集》整个卷五就是一个剧本，四百八十页（他们怎么搬上舞台？如果曾经上演过？），名为《皇帝与加利利人》。我查阅了《希特勒的餐桌谈话》的目录，他又出现了。

我让她失望了，我被琐碎的离婚问题分了心。我道了歉，她回答说"我相信这只是暂时的"，这句话被我自以为是地曲解了。而她做了两件事。她在笔记本里给我留了一份阅读书单，还把她的藏书留给了我，就像，不，**就是**，朱利安去高卢征战时，那个皇后（我一下子想不起她的名字）做的事情。这些似乎是再清晰不过的信号。

不是什么诡异的"遗言",只是要我回忆起来,搞个清楚,解决它们。这就是我这个"挖坑大王"下定决心要去完成的任务。

要取悦死者。我们当然都尊重死者,但我们这种尊重,却让他们死得更加彻底。但取悦死者会让他们重生。这说得通吗?我想取悦伊芬,这没错,我将信守诺言,这也没错。于是,我就这样做了。下面就是我写的。

第二部

笔记本里有两个首字母大写,PG,下面是一整页空白。我对它们稍微有点儿在意,事实上,还天马行空地想了想。然后,我慢慢意识到,它们代表了"苍白的加利利人"[1]。正如斯温伯恩《冥后赞歌》里的诗句:"苍白的加利利人啊,你已经胜利了。"概括一下:

说话的人是叛教者朱利安。

他说话的对象是耶稣基督。

地点是波斯沙漠。

时间是363年。

在这句话里,朱利安承认,基督教战胜了异教、希腊文明、犹太教,以及所有围绕罗马帝国展开竞争的宗教教派和异端学说。无论现在还是将来,基督教帝国将永远存在。

说这句话时,朱利安把自己的一抔鲜血洒向天空,然后,死在疆场。他这是在承认,自己在神学和军事上都失败了。

这位皇帝的全名是弗拉维乌斯·克劳狄乌斯·朱利安努斯,但因为胜利者获得了战利品,而这些战利品不仅包括叙述和历史,还包括命名,因此他从此被命名为叛教者朱利安。

当然,以上只有一部分是真实的。几乎从一开始,版本就已经各不相同。罗马军队在对抗沙普尔二世国王的战役失败后,在波斯人的追击和骚扰下,向北撤退,穿过亚述西部,路线大致与底格里斯河平行。罗马人(这个事件里主要是高卢人,还有叙利亚人和斯

---

[1] "苍白的加利利人"原文是Pale Galilean,首字母为PG。

基泰人）精疲力竭，忍饥挨饿，远离家乡。而波斯有战象，它们体形巨大，行动诡异，就像迦太基统帅汉尼拔早就知道的那样，吓坏了普通士兵。这时发生了一场激烈的小规模冲突。混乱中，一个身份不明的波斯人向皇帝掷了一支骑兵长矛；长矛擦过皇帝的手臂，刺入了他的肝脏。朱利安可能被放在他的盾牌上，抬进了他的帐篷，也可能没有。弥留之际，他可能和他的同伴们进行了哲学对话，也可能没有。但他肯定没有说过那句让他有资格列入格言词典条目的遗言。

"加利利人啊，你已经胜利了。"这句话最早出现在西奥多罗的《教会史》里，大约是朱利安死后一个世纪写下的。这句话是伟大的发明——但从此以后，历史学家也可以是出色的小说家了。

一千五百年后，斯温伯恩写道："苍白的加利利人啊，你已经胜利了。"这"苍白"是哪里来的？是因为在整个西方艺术中，耶稣都被描绘成北欧人的肤色，也就是白脸基督，和朱利安皇帝形成了鲜明对比？朱利安皇帝出生在君士坦丁堡，他在中东的阳光下度过了大半生。还是说，拿撒勒人的苍白是因为他非尘世之人？还是说，因为他已经死了？

不过，更有可能是，诗人只是需要一个额外音节，让他的诗句更顺眼。于是，这个发明出来的句子被重新发明了，这一次是一个诗人发明的。诗人，也可以是出色的小说家。

朱利安"说"，他被一个加利利人战胜了，这看上去可能有些古怪，因为当时波斯军队里并没有一个基督徒在战斗，而且官方记录死因是一支外国长矛。然而，是这样的吗？早期的基督教神话学家了解得更清楚：朱利安之所以"说"那些话，是因为他确实是被基督徒之手和基督教上帝杀死的。确切地说，是两双基督徒的手，被两个圣徒夹击合围：墨丘利乌斯（约225—250）和巴希尔（盛年是370年）。当时一个死了（至少世俗意义上），一个活着。圣墨丘利乌斯是罗马军队里一个斯基泰军官的儿子，因为拒绝参加异教徒的祭祀活动而被斩首。但他死了封圣以后，依然很活跃：他"将他的剑借给"那些在世的基督徒和未来的圣徒，例如，借给了圣乔治（反正是其中一个），又在将近一千年后，在第一次十字军东征时借给了圣德米特里乌斯。363年，巴希尔在一幅画像前祈祷，画面里是战士墨丘利乌斯手持长矛。当巴希尔睁开眼睛时，墨丘利乌斯的形象从画面里消失了。当它重新出现时，他的长矛沾满了鲜血，而与此同时，朱利安在波斯沙漠里气绝身亡。一个微不足道的异教徒，怎么抵挡得住这种天国烈焰？

朱利安是一个从未踏足过罗马的罗马皇帝。他是一个意料之外的皇帝，当然，那个时代，意外常常带来皇权。早年他是个学者，远离宫廷和军事权力。351年，他的兄弟加卢斯被召唤到米兰的朝廷，任命为恺撒，派去统治东罗马，三年后被召回，因腐败被起诉和处决。然后轮到朱利安被召去米兰，他心想自己多半也会被除掉。但他找到了女保护人，也就是君士坦提乌斯皇帝的第二任妻子尤西比娅，当然也有可能这个书呆子没有被视作威胁。他被派去高卢，掌管帝国的西部军团，而且——无论如何，按照他自己的说法——

预期他搞不定。尤西比娅给了他哲学、历史和诗歌方面的书籍,这样他就可以在镇压日耳曼诸部落的同时,继续学业。他在平定战争中三次越过莱茵河;他的军队在巴黎城门口拥立他为奥古斯都。他机智地挫败了召他回米兰的企图,还出兵抗击帝国东半部统治者君士坦提乌斯。两军对垒时,发生了一个愉快的意外:361年,君士坦提乌斯因高烧不退在莫普苏斯提亚去世,让朱利安兵不血刃。

依靠313年《米兰敕令》,君士坦丁和联合皇帝李锡尼实现了基督教的合法化。于是,国家开始对宗教正式持中立态度,尽管基督教牧师被允许在整个帝国之内自由旅行,且不用纳税。337年,君士坦丁去世后,他的儿子君士坦丁二世和君士坦提乌斯二世便以基督徒身份进行统治。因此,当朱利安成为皇帝后,他宣布自己是异教徒,并且再未踏进基督教堂,这么做不是在废除基督教,因为他认为它从未被建立过。当然,基督徒不会这样看;他们中一些人担心,如果朱利安从波斯战争中凯旋,会掉转头来开始迫害他们的教会。什么能阻止他再次宣布他们的宗教非法,成为第二个戴克里先呢?

朱利安在个人生活中有很多美德,节俭、谦虚、忠贞和博学,这让他几乎可被视为一个基督徒。在那个被大家称为"叙利亚温柔乡"的地方,他依旧不受诱惑;他高效、廉洁、勤勉、公正;他改良了司法和税收制度,让帝国免受侵略者的威胁。但是……但是……但是他曾经是,而且将永远是,一个叛教者。他一出生就接受了洗礼,成为基督徒,在教会仪轨中长大,同时仍被允许进行希腊式的哲学思考。他二十岁出头时加入了厄琉息斯密教,这是一种古老的德墨忒耳异教。对它的信徒来说,它许诺他们重生,建议他们节欲,强制他们完全保密;而对它的反对者来说,它就是所有黑暗的洞穴,燃烧的火把,闪现的幽灵,它是异教中的异教,是严肃当真的一派胡言。与此同时,在长达十年的时间里,朱利安继续公开表现得像一个基督徒。这是虚伪?多神论?还是只是谨慎?他在高卢指挥的大部分军队都是基督徒,这些人可能不太愿意追随一个异教徒指挥官,而且也许更渴望杀了他。

所有(好吧,几乎所有)宗教更痛恨的是叛教者,而不是无知的、误入歧途的、崇拜偶像的乡下人,这些人通常只需严厉规劝一下,就可以被拖进亮得晃眼的光明里。吉本写道,犹太人在那时候杀掉了所有的叛教者。也许所有大型单一组织都是如此:托洛茨基在墨西哥城被暗杀,因为他背叛了唯一正确的政治信仰。但是,在憎恨叛教者的同时,这样的体系同样也需要他们:作为反面典型,作为世人警告。如果背叛宗教,宣扬反对它、攻击它,那就看看你的下场:一根刺进肝脏的长矛,一支刺穿头骨的冰锥。如果朱利安是好大喜功、荒淫无道、残酷奸诈的昏君,那么他更容易被打发。但正如一位评论家所说,朱利安"在内心深处……是一个误入歧途的基督教神秘主义者"。是谁说过,自恋的人会执着于细微的差异?对了,是弗洛伊德。因此,在基督教一统欧洲和欧洲之外的大部分地区很长时间以后,朱利安变成了怪物,成为后来很多基督教作家攻击的焦点。他的名声一直在回响:弥尔顿称他是"以最微妙的方式与我们的信仰为敌的人"。后来,朱利安开始在启蒙思想家、不可知论者和自由主义者这类人士那里获得支持,这使得他的名字和声望生生不息。这是一个可以依照历史变迁来解读的人物：对一些人来说，他是一个"坚持到底的英雄"，就像伊芬以反讽的口吻指出过的那样；而对另一些人来说，他几乎就是撒旦的兄弟。

朱利安是一位高产作家，他口述时语速很快，速记员常常跟不上趟。洛布版古典丛书出了三卷本他的存世之作，包括书信、演讲、颂歌、讽刺诗、警句和断篇。其中最重要的一个文本是《反对加利利人》，阐述了他对基督教的异议。它有三部分，第二和第三部分已经散佚。第一部分也只有断篇存世，通常是从后世基督教作家那里辑佚的，那些人引朱利安的话是为了反驳他。但他们很难缓和朱利安的观点和语气。这篇文章这样开篇：

> 我认为最好还是向全人类阐明我的理由，即我确信，加利利人的故事是编造的，有人邪恶地创作了这个虚构的故事。虽然里面没有任何神圣的东西，但通过充分利用人类灵魂里热爱寓言、又幼稚又愚蠢的那个部分，它诱使人们相信，这个可怕的故事是真的。

朱利安故意把基督徒称为"加利利人"，把基督称为"拿撒勒人"，使得他们的出身和信仰听起来更像来自某个小地方。他认为基督教不是对犹太教的发展，而是歪曲，而且歪曲得如此厉害，以至于犹太教与希腊精神的关系，要比它们各自与基督教的关系更近。朱利安本人"尊崇"亚伯拉罕、以撒和雅各的上帝，这些人都是迦勒底人；而且，亚伯拉罕和希腊人一样，相信动物献祭、流星占卜和飞鸟轨迹中的预兆。

根据朱利安的说法，加利利人神话的基础，也就是伊甸园的故事，"统统是编的"；而且，对亚当和夏娃也根本不公平，因为上帝清楚知道将会发生什么，他神圣的大拇指已经放在了天平的一侧。至于十诫，"并没有任何独特之处"，除了关于一神论和守安息日的律法。上帝会"嫉妒"这种想法，是"对上帝的严重诽谤"。任何一个有理智的人，怎么可能去尊崇一个爱惩罚人的控制狂，而且这个神灵还蔑视我们，将父辈的罪孽加在他们的孩子身上？朱利安认为，这一切都是幼稚的、不成熟的："所有这些都是片面的观念，与神性不相称……那条'汝不可敬拜其他神'的戒律，是对神性的高度诽谤。"

加利利人藐视自己的使徒，将耶稣提升到了神的高度。他们尊奉殉道者的遗骨，这种做法是"基督徒特有的，对异教徒而言则是冒犯"。再看看他们坚守的教诲和指示。耶稣传道时说，他们应该变卖所有的财产，分给穷人。想想这种做法的可行性吧，哪怕就是那么一想：

> 如果所有人都听从了你的教诲，谁还会去买东西？如果这个教诲得到实行，到时候没有一个城市、一个国家、一个家庭可以组建起来，谁还会赞美它？因为，如果所有东西都被卖掉了，房子和家庭还有什么价值？而且，如果一个城市里所有东西都在同时被卖，那就没人可以交易了，这是显而易见的事

实，但没有被提及。

相比那些犹太暴发户，朱利安列举了希腊人和他们的"野蛮人"同胞给世界带来的东西。"但上帝赐予了科学，还有哲学家的学科，让我们发轫于此。"天文学始于巴比伦，几何学始于埃及，数理学始于腓尼基。希腊人将所有这些学科结合起来整合在一起。他还需要点名吗？"柏拉图、苏格拉底、亚里斯泰迪斯、西门、泰勒斯、阿格西拉斯、阿奇达摩斯；这么说吧，就是整个哲学家、军事家、工匠和立法者种族。"希伯来人没有出过一个军事家，可以跟亚历山大大帝或裘力斯·恺撒相提并论；而狄奥多罗斯的儿子伊索克拉底，要比所罗门"聪明"得多。

希腊人和野蛮人的宗教，起源于历史悠久、底蕴深厚、绵延数千年的古老文明。相比之下，犹太人和基督徒又有什么拿得出手的呢？

但这样的事情发生了，你们像水蛭一样，从源头吸走了最不洁的血液，留下了更纯正的部分。而耶稣，那个赢得了你们的尊敬，最不值得尊敬的人，被世人所知也就不过三百多年；在他的一生中，他没有取得过任何值得一闻的成就，除非有人认为，他在伯赛达和伯大尼的村庄里治愈了驼背和瞎子，为那些被恶魔附身的人驱魔，都可以被称为伟大的成就。

朱利安的态度里，有种崇高的怀疑。一个基于社会贫困阶层的宗教，背后也没有真正的文明在支撑，怎么能够在如此短的时间内，征服希腊-罗马世界（尽管它正在衰落），并带来如此有害的后果？尤其是，对处于低劣粗陋状态中的希伯来人而言，希腊-罗马文明在政府的法制、法庭的组织形式、跟城邦有关的经济状况和美观程度、学科的丰富性以及博雅教育的实践等方面的优势，不是很明显的吗？答案部分就在于：犹太-基督教不是一种有宗教的文明，而是没有文明支撑的压制性宗教。朱利安低估了这可能正是基督教的独特卖点之一。"文明"可以后到，如果有的话；他们的宗教就是他们的文明。它是独立而无需支撑物的，因此是专制的，而且，也不可避免是独断的。

对朱利安来说，这种宗教的信徒显然不该被允许去教授希腊哲学，"如果一个人心里想的一回事，教育别人的却是跟他的想法截然相反的另一回事，这和卑鄙龌龊的小人、奸诈而没底线的商人有何不同？他们明明知道自己在弄虚作假，就是为了欺骗诱导顾客"。此外，那些加利利暴发户天性歇斯底里，就像他们偏爱殉道那样，正如朱利安所说，这"让他们认为死亡是令人向往的，他们可以强行剥除他们的灵魂，然后飞升进入天堂"。

最后，叛教者对基督教完全没有高深智慧、拒绝承认专家、更喜欢赞美傻瓜笨蛋而不是文书和智者感到困惑。托马斯·泰勒，朱利安著作1809年版的英译者，本人也是一名"哲学意义上的多神论者"，对此进行了热情的阐述：

（耶稣）似乎也主要喜欢小孩、女人和渔夫；他小心翼翼地向他的信徒们传授愚昧,但告诫他们远离智慧;他以小孩、百合花、芥菜籽和麻雀这些既木然愚蠢又无足轻重的事物为榜样,将他们聚集在一起,让他们只是依照自然法则生活,没有任何手艺,也没有任何在意之事……《圣经》里经常会提到雄鹿、牡鹿和羔羊,如果我们相信亚里士多德那句格言"绵羊的礼貌",那么,就没有比它们更愚蠢的动物了,"绵羊的礼貌"总结了那种动物的愚蠢,通常可以用在头脑迟钝、缺乏智慧的人身上。然而基督却自称是羊群的牧羊人,而且,他本人也对"羔羊"这个称谓满心欢喜!

值得一提的是,近来的科学研究表明,与古老的公认观点不同,绵羊实际上是一种拥有高度智慧和丰富情感的动物,记忆力良好,有建立友情的能力,在同伴被送往屠宰场时,会感到悲伤。

朱利安公开反对暴力手段。"我已经下定决心,"他写道,"要温和而人道地对待加利利人;我禁止诉诸一切暴力……说服和指导别人时,要以理服人,而不是靠殴打、侮辱和折磨。"此外,"对这些不幸的人,这些在如此重要的问题上犯了错的人,更应该怜悯而不是仇恨他们"。

这是原则,但也是务实。奇迹和殉道是早期基督教的两大卖点。你为你的宗教而死,因而获得永生:这种想法至今还在激励着某些人。但朱利安拒绝将基督徒迫害致死。他要求他们走上缓慢、曲折而坎坷的人间之路。他让他们在人间挥洒辛勤的汗水,换取未来进入天堂的机会,而不是被自己鲜血做成的驱动燃料,直接发射进天堂。这种战术很狡猾:它剥夺了那些渴望去死的人殉道的权利,而且让加利利人例外论似乎也没那么例外——它可能重新沦为单纯的教义争端。

出于同样的理由,在统治之初,朱利安展示了"巧妙的仁慈",他召回了"被君士坦提乌斯流放的主教们。这些人是阿里乌斯派信徒,他以教会权力释放了他们"。就像历史学家和军人阿米亚努斯·马塞里努斯所说:"因为他知道,基督徒之间发生争执时,会比野兽更可怕。"更具挑衅性的是,朱利安还计划重建耶路撒冷圣殿。耶稣告诉过他的门徒,直到他再次降临——世界光辉末日的标志,才可以重建圣殿。叛教者的这个计划很狡猾,他要让基督的预言变成谎言,不过在他短暂的统治期间,它没能实现;但对宗教来说,这种做法比单纯的武力反抗要危险得多。

因此,朱利安用"亲切"、温和、仁慈和拒绝屠戮等方式对待加利利人,你可能会认为,所有这些都是基督教的美德。但它们不是当时或后来的基督徒所喜爱的基督教美德。纳奇安祖斯的格雷戈里(约329—390)是早期教会神父,他在雅典认识了朱利安,当时他们都在那里学习。在他的著作里,他试图将朱利安描述成一个怪物,同时不断明确地抱怨这个皇帝多么专制,因为他不让基督徒获得殉道者的桂冠。不久,圣杰罗姆(347—420)也谴责了朱利安的"软迫害",即用温和的方式进行迫害。

这让我想起了学生时代的一个笑话。问:虐待狂的定义是?答:对受虐狂很友善的人。

以下是阿米亚努斯对朱利安的描述：

他中等身材，头发光滑，像仔细梳过了一样，胡子很硬，修剪得恰到好处。他有一双闪光的漂亮眼睛，那是足智多谋的标志，眉毛分明，鼻子直挺，嘴巴很大，下唇下垂。他的脖子很粗，有些前倾，双肩宽厚。他从头到脚体格完美，这让他身强力壮、矫健善跑。

胡子有着重要的意义：这是一个哲学家的标志；也是（或因此是）有意摆脱个人虚荣的标志。朱利安刻意让自己看上去不像一个典型的恺撒或皇帝。当他在遥远的高卢取得了意料之外的胜利时，君士坦提乌斯身边的朝臣们嘲笑说"比起人，这人更像山羊"；笑他是"口齿不清的鼹鼠"、"紫衣猿猴"和"半吊子希腊人"。当朱利安继承了君士坦丁堡的朝廷后，发现朝廷中人极度腐败，自私自利，贪图享乐，痴迷华服，还暴饮暴食。"战场中的胜利被餐桌上的胜利所取代。"阿米亚努斯这样评论道。士兵毫无军纪，"他们的水杯比佩剑还重"，他们的床垫是羽绒的，"军队练习的不是传统圣歌，而是软绵绵的音乐厅歌曲"。早些时候，皇帝为了修剪头发，找来一个理发师。那人衣着光鲜地到场，朱利安说："我找的是理发师，不是财政官。"他问那家伙挣多少钱，答案让他极为震惊。他立即解雇了"所有这类人员，连同厨子等，这些人一直在领相同数额的薪水"。

这是圆颅党对阵骑士党[1]，清教徒对阵天主徒。头发不仅关系重大，而且还表明立场。在他刚当上皇帝时，亚历山大港发生骚乱，人们向基督教权威发难，有些级别稍低的官员被处死了，其中就有铸币局局长德拉孔提乌斯和他的宗教教友及犯罪同伙狄奥多罗斯。后者的罪行之一是"在指挥建造一座教堂时，擅自剪掉了一些男孩的鬈发，因为他认为长发是异教崇拜的特征之一"。这两个基督徒被绑在一起杀死，之后他们被毁的尸体被骆驼驮到海边，在海滩上焚烧，骨灰撒进海里，"因为担心他们的遗骸会被收集起来，在上面建起一座教堂"。

在去波斯的路上，朱利安在安提俄刻城停留了一下。这个城市很多地方都令他反感：基督徒、骄奢淫逸、腐败、吝啬和懒惰。但它也有一座最神圣的异教神庙，即位于达芙妮郊区的阿波罗神庙，建在逃走的达芙妮变成月桂树的地方。庙里有一座藤木制作的阿波罗像，十三米高，披着一件金色斗篷：据说和奥林匹亚神庙里的宙斯像一样壮美。从君士坦丁堡出发时，朱利安已经提前发出指令，要求修复神庙，为他的到来做好准备。他已经想好了这幅画面：牲口准备好了献祭，奠酒祭神仪式上演，城里青年豪华列队迎接。但什么也没有。当他询问安提俄刻城为祭祀准备了什么时，祭司光拿出来一只小得可怜的鹅，还是自己家里带来的。

---

[1] 骑士党，即英国资产阶级革命的保王党集团，主要成员是官僚和贵族，因戴假发、佩长剑，仿效中世纪骑士，被叫作"骑士党"。其反对派为圆颅党，最大特色是身为清教徒的这些议会成员皆将头发理短，在样貌上与当时权贵极为不同。因为没有鬈发，头颅相较之下显得十分圆，因此得名。

但问题远比懒散和傲慢更严重。这个地方还被朱利安自己的哥哥加卢斯给玷污了，加卢斯在担任安提俄刻总督时，为当地的基督教殉道者圣巴比鲁斯修建了一座教堂，紧挨着神庙，并运来这位圣人的遗体让他长眠于此。在德尔菲，朱利安请教阿波罗的女祭司，为何神谕保持沉默。她的回答是："死人不让我发声。在树林被净化之前，我什么也不会说。去打开坟墓，挖出里面的尸骨，把死人搬走。"遵循这一指示，朱利安挪走了巴比鲁斯的石棺，送回殉道地点，也就是当初加卢斯把它挖出来的地方。街头发生了抗议活动，暴乱一触即发，人们高声辱骂皇帝；一些基督徒被抓了起来，"被鞭打，用金属爪子上刑"。几天后，阿波罗神庙被烧成平地，十三米高的藤木神像化为灰烬。基督徒毫无疑问成为被怀疑的对象（尽管罪魁祸首很可能是没有小心火烛的异教徒礼拜者）。

安提俄刻人对朱利安的态度有些复杂（不过随后他带领六万军队进驻该城）。他们叫他猴子、留胡子的侏儒，还因为他用动物祭祀给他取了个绰号：斧头杀手。其他统治者可能会施加暴力；朱利安更愿意用文学的斧头来回应。他写了一篇讽刺这座城市及其居民的文章《恨胡子的人》，公开发表。这是一篇奇怪的文章，话题游离：部分是责难，部分是自辩；有的地方友好，有的地方粗暴；像自传又像玩笑，反讽而刻薄；用夸张的自嘲，承认都是自己的错。朱利安似乎以为，只要使用幽默但老到的牢骚，外加对自己个人性格的公开检剖，就可以赢得民心。没有任何证据显示这篇文章达到了这样的效果。

他解释了他的性格和人生观是怎样形成的：经由母亲的早逝，

经由教导他的那个宦官,经由他在高卢和凯尔特人相处的日子。另外还要考虑到遗传因素:"我的家族是来自多瑙河沿岸的迈锡亚人,这个民族极其粗野、朴素、笨拙,他们缺乏魅力,一旦做出决定就绝不回头;所有这些,都证明了我乃粗鲁不堪之人。"结果是,他真的成了他们所讽刺的那个形象,如果不是有过之而无不及:粗鲁而邋遢,著名的胡子里长满了"虱子,它们跳来跳去,就好像这是野兽出没的丛林"。还有更糟糕的:

> 我很少理发,也很少剪指甲,因为常常用笔,我的手指几乎是黑的。如果你想知道我的一些秘密,那么好吧,我的胸膛毛茸茸的,长满了毛发,就像狮子的胸膛一样,和我一样,狮子也是万兽之王,我这辈子从来没想过要让胸膛变得光滑,我还真是寒酸邋遢,也从来没有想过要让我身体的其他部分变得光滑或柔软。

他是满身虱子的侏儒,却待在自我脱毛者的城市里:"你们所有人都英俊高大,皮肤光滑,没有胡子;老老少少都这样……比起正义,你们更喜欢'换衣服,洗热水澡,待在温柔之乡'。"他还让安提俄刻人的嘴里吐出更多的骂人话:皇帝温和得让人恼火,谦逊得透出虚伪,虔诚得不免做作。这种反讽式的自我描述能否征服读者,值得怀疑。首先,他们有一个直接的比较对象:朱利安的兄弟加卢斯,此人以基督徒的身份进行统治,还为他们建造了一座华丽的新教堂。朱利安以黑色幽默的风格,提起了他的叔叔,那个

(基督徒)皇帝君士坦提乌斯:"不好意思,我就直说了。君士坦提乌斯做了一件的确伤害了你们的事情,那就是他在任命我为恺撒时,没有处死我。"如果这是一次公开演说,人群可能会为这句话鼓掌。

朱利安的这篇文章有一个问题,就是反讽有其局限。他为自己所谓的粗野辩护时,显得过于老练,并不能令人信服,事实上还让这番说辞变得无甚紧要。朱利安从来没有打算说服安提俄刻人,更不用说让他们屈服了:他总是从失败者的位置开始。文章某处,他痛苦地问:"你们反对和憎恨我的理由是……什么?"然而,答案很明显,实际上已经融入了他自己的文章中。安提俄刻人憎恨他,是因为他废除了他们的宗教,恢复了异教。他挖出了当地圣人和殉道者的尸骨,实属亵渎。他干涉他们传统的做事方式。他试图稳定谷物价格,但事与愿违,反而造成囤积和涨价。他还坐在法庭上,干涉他们的司法。更广泛来说,他对他们的文化表示了轻蔑:他鄙视戏剧,厌倦赛马,对音乐和舞蹈嗤之以鼻。他建议他们管教好他们的女人,同时,他也没有被这些女人诱惑。他是一个不通人情世故的局外人,文明礼仪的门外汉,不肯刮去毛发的邋遢鬼——简而言之,就是一个大胡子。

在抱怨结束时,朱利安宣布:"我愿意离开,把你们的城市留给你们。"他意识到自己在安提俄刻失败了,所以他就此离去,发誓再也不回来。他是一个非典型的皇帝,不愿意按照传统的做法行事:屠杀同胞,消灭政敌,肆意施加酷刑、斩首处决。由于他对其他信仰保持了宽容态度,所以在战斗结束后,他对他的反对者表现出了仁慈——通常是如此。但是我们必须考虑到时间问题,让我们回忆一下发生在他军旅生涯早期的一个事件,当时他正率领部队从欧赛尔前往特鲁瓦。在密林深处,他们遭到了阿勒曼尼军的伏击;敌众我寡,眼看就要吃败仗,很多士兵打算逃跑。朱利安的军旅生涯,可能还有他的生命,都处于危急之中。他的解决办法是,他提出,每个将日耳曼人首级带来给他的人,都可以在战斗胜利后获得个人赏金。受此鼓舞,他的军队开始疯狂杀戮,并在敌人倒下后割下首级。"人头数"这个词很少得到如此追捧。

当朱利安出发东征时,带了六万人,这是历史上恺撒进军波斯所率领的最庞大的一支队伍。他给手下人大量补给,包括烈酒和干粮。这次征战,这位皇帝同样不那么喜欢宽大仁慈。在入侵开始阶段,只要他的军队一靠近那些没有防御工事的城镇,居民们就会逃跑;用吉本的话来说,就是"他们的房子被朱利安的士兵占领,里面装满了战利品和粮食,这些士兵屠杀了一些手无寸铁的妇女,他们对此毫无悔意,也没有受到惩罚"。当他们到达肥沃的亚述平原时,"这位哲人用掠夺和残忍的行为,报复那些无辜的人"。对毛伽马尔查城的占领,导致了"一场无差别的大屠杀";城里的领主"因得到饶命的许诺而屈服,却被活活烧死"。整座城市被夷为平地,对此,吉本冷静(实际上是傲慢)地保持了中立:"这些破坏行为肆无忌惮,但我们无须对此产生怜悯或憎恨等任何强烈情绪。一座简简单单的裸体雕像,只要是出自一位希腊艺术家之手,也比所有这些粗鄙昂贵的历史建筑更有真正的价值,这些只是野蛮人的劳动成果;还有,如果宫殿废墟而非失火农舍对我们的影响更深,那么我们的人性一定对人类生活的苦难形成了非常错误的估计。"换句话说就是：让我们不要在他们身上浪费同情心。

这并不是说，掠夺者对他们发现的东西无动于衷。佩里萨博城投降后，朱利安的士兵们发现了大量粮食和武器，也发现了"精美的家具，（它们）一部分在军队中被瓜分了，一部分被充了公"。这些财物有多少被完好无损地带了回来，没有留下记录。毫无疑问几乎没有，因为不久，朱利安在渡过底格里斯河后，烧毁了他的船只，这件事引起了争议，但这些船还是被烧掉了。他的理由是，河水泛滥，船只无法逆流而行；而如果将它们就此丢弃，这些未被烧毁的船只会成为送给敌人的礼物。而且，亚历山大大帝也曾经做过同样的事。

当他的士兵奸淫掠杀时，朱利安仍然保持了节制而清醒的超然。气候影响论不适用于他，哪怕附带影响也没有。吉本继续说道："亚述温暖的气候引诱着每一个放纵的人去享受每一种感官上的愉悦，而一个年轻的征服者却坚守纯洁而不可侵犯的贞操；同时，朱利安也从来不曾动过心，哪怕是出于好奇，去拜访那些美艳绝伦的女俘，这些女人非但没有反抗他的权力，反而争相对他投怀送抱。"

朱利安经常被描述为一个狂热分子，不仅是他军事上的敌人这么说；即使退一步，也被说成是宽容或仁慈的狂热分子。这项指控首先指的是他在自己宗教的神秘一面里陷得很深。（非异教徒倾向于接受更冷静、更具哲学面孔的异教信仰。）其次，有人认为朱利安对预言过于痴迷,实际上是太过痴迷。他的世界里挤满了异教的神灵,他们都有不同的能力和专长,都必须被承认、被尊重。有许多神谕需要请教,许多鸟类和动物需要被宰杀和肢解。

除了外在的异象和征兆,还有内在的——来自身体和灵魂的异象和征兆。这不是什么外行的,比如"我的骨头里有刺痛感"这样的话;它背后蕴含着正确的哲学理论。"那些即将发生的事情,"阿米亚努斯写道,"也会通过人类内心的焦灼感揭示出来,焦灼产生了预言。"根据自然哲学家的说法,"我们的意识如其所是,是太阳发出的火花,太阳是宇宙的意念;当意识被点燃,成为火焰,就会变成对未来的觉知。因此女巫们经常会说,她们的内心在燃烧,巨大的火焰正在吞噬她们"。

然后,还有一些梦需要被解读。阿米亚努斯引用亚里士多德的话说,如果做梦的人处于深度睡眠时,"瞳孔直视前方,不朝向任何一侧",那么这些梦就是"确定而可靠的"。你可能会认为,既然有这么多不同的预测手段可以用,占卜者和皇帝自然可以得到确凿无疑的预言,哪怕只是靠一个相互参照的系统。然而,鸟的内脏的寓意,是否会和你的梦、你焦灼的心灵以及洞穴女巫用双关语编织出来的真相吻合呢?

占卜还有一个内置的陷阱。正如西塞罗所写的:"神灵给了我们未来事件的征兆。如果我们误解了它们,不是神灵错了,而是人类的解释错了。"于是,我们不断被提醒,神灵永远是正确的,我们才是笨头笨脑犯错的。

朱利安平定了西罗马帝国后,出发去对抗他的叔叔君士坦提乌斯，他在达契亚停下脚步，"一边检查祭品的内脏，一边观察鸟儿的飞翔"。但答案"模棱两可、晦涩难懂"，这种情况已不是第一次发生。这时，一个擅长内脏占卜的高卢修辞学家出场了，他发现，有一个肝脏包着两层皮，这显然预示了一场成功的战役。具体怎么是这样，为何是这样，阿米亚努斯没有告诉我们。但无论如何，情况有些复杂：朱利安担心这可能是虚假预兆，旨在讨好他。所以他在达契亚逗留，直到他本人得到了一个令人信服的预兆。有一天，他上马时，那个用右手托住他脚的士兵失足滑倒了，摔在了地上。你可能担心他擦破皮，但朱利安并没有把这一刻理解为人类的无能，而是理解为来自神灵的指示："那个把朱利安举到高处的人"（即君士坦提乌斯）自己倒下了。尽管如此，朱利安还是犹豫不决，直到使者赶来，向他确认，就在士兵滑倒的那一刻，君士坦提乌斯真的死了，临终之际，他宣布朱利安为他的继承者。这是一个奇迹般的巧合，还是只是诸神用来组织下界的正常情形？不管是哪一种，这一次，一个预兆被正确解释了。

在为他的波斯战争做准备时，朱利安也没有停止占卜。就像阿米亚努斯所说的："祭品实在太多了，他用它们的鲜血浸透了诸神的祭坛。有时他会献祭一百头公牛和其他无数牲畜，还有白色的鸟，为了找到这些鸟，他搜遍了陆地和海洋。"这是狂热，还是军人的职业精神？不管怎样，这些活动都有一个滑稽的副产品：

结果就是军队养成了纵欲的习惯，他们狼吞虎咽地吃肉，因酒瘾难忍而士气低落，于是几乎每天都有士兵在妓院放浪形骸后，被路人扛着穿过街道，送回他们的驻地。

在朱利安渡过幼发拉底河向亚述进军后，因为占卜而停止行军的次数越来越多，为了赢得皇帝的垂听，竞争者之间爆发了争吵。比如，有一群伊特鲁利亚的预言家，带来了战争时期的专用指南：这些指南宣称，即使有正当的理由，也不准进入别人的领地。伊特鲁利亚人的这一警告，被当时处于上升期的哲学家"轻蔑地驳回了"。

但什么是神的预兆，什么不是？在363年4月7日的傍晚，有一团云逼近，后来变成裹挟着灰尘的龙卷风，带来了一场大风暴；其间，一个约维安人牵着两匹马，他刚带它们饮水回来，被一道雷电击中身亡。天象占卜专家得出结论，这个现象属于那类"雷击警告"，名字起得很好听。根据他们的解释，这场战争不应该再打下去了。然而，哲学家们再一次驳斥了这个解释，宣称这是一个极为正常的天气事件，如果它预示了什么，那就是大自然在向皇帝致敬。战争将继续进行。

朱利安的部队在克泰西封城取得大捷，据报告，七十个罗马人杀死了二千五百名波斯人，事后，朱利安向复仇者战神献祭，以确保继续获得胜利。为此，他订购了十头上好的公牛，

但它们还没被送到祭坛，有九头就自己倒地不起。第十头则扯断缰绳逃走了，等到好不容易将它找回来宰杀时，得到的预兆却很不吉利。看到这些预兆，朱利安愤怒地大叫起来。

然后他做了什么？严惩把上好公牛送来做祭品的供应商？还是比这更严厉？都不是。他"对朱庇特发誓，再也不会向战神献祭了"。这是暴躁的过度反应？还是对命运的愚蠢试探？"他也从来没有收回他的誓言，因为事后他就被死亡带走了。"

而在这个死亡本身来临之前，就已经出现了很多预兆。前一天晚上，"罗马人民的守护神形象在他面前现身"，跟他在高卢被提升为奥古斯都时看到的一样；但这一次，这个幻象的"头和角都被层层蒙住，它穿过他帐篷的帷幔"，带着悲伤离去了。然后朱利安走出帐篷，看到"一道流星一样的耀眼光芒"，"一想到，这是战神星象以这么明白的威胁姿态出现在他面前，他惊呆了"。那些伊特鲁利亚预言家被召了过来，他们再次宣称行动应该被推迟；但他们的预言再次被驳回。他们恳请他至少推迟几个小时再出发，然而"尽管他们运用了他们的整个占卜知识体系"，还是没能让朱利安做出任何让步。朱利安开拔了，朱利安死了。

"你是否听说，在星空下/明年七月我们会和火星相撞/啊，你做了什么？"[1]

对几个世纪以来他的支持者而言，朱利安是个具有诱惑力的人物：一位迷失的领袖。如果他再统治三十年，逐年将基督教边缘化，然后先礼后兵地重新巩固希腊和罗马的多神教，会怎么样？如果他的继承者在之后几个世纪里继续奉行这项政策，那样会发生什

---

[1] 美国歌手辛纳屈演唱的歌曲《你做了什么》中的歌词。火星即战神。

么？也许就不需要文艺复兴了，因为古老的希腊-罗马文明将完好无损，伟大的学院图书馆不会被破坏。可能也不需要启蒙运动了，因为大部分启蒙已经完成了。强大的国教所强加的长年的道德和社会扭曲，原来可以避免。直到理性时代到来，我们已经在这种状况下生活了十四个世纪。那些幸存下来的基督教神父，他们有着独特、古怪但无害的信仰，或应该说，不会造成伤害的信仰，将和异教徒、德鲁伊教徒、会发功弯勺子者、树木崇拜者、犹太人和穆斯林等诸色人等平起平坐，所有人都在善意而宽厚的保护之下，无论欧洲的希腊精神会发展成什么样。不妨想象一下，在过去的十五个世纪里，没有宗教战争，也许也没有宗教甚至种族不宽容。再想象一下，科学不会受到宗教的阻碍。删除所有那些传教士，他们将信仰强加给土著居民，而同行的士兵偷走了当地的黄金。还可以想象一下大多数希腊人相信的智识上的胜利——就是说，如果说人生还有幸福的话，那么它只存在于我们短暂的此世之旅，而不在我们死后某个荒诞的迪士尼式天堂。

当然，这种另类历史，和基督教的天堂一样，也是一种想象。正如伊丽莎白·芬奇第一个会指出来的那样，我们每天都不得不面对人性这根曲木。非理性、贪婪和自私自利：人性中会孕育出它们吗？我们还必须考虑到恐惧对我们行为的影响：害怕地狱之火，害怕被上帝的恩典抛弃，害怕永无止境的诅咒。被强制培养出来的美德，很难算作真正的美德。不过，它是用来反对启蒙思想家的论点：松开基督教教义和律令的束缚，去除末日审判这个概念，那还有什么可以阻止男人和女人变得野蛮？倒不是说那些启蒙思想家会变得野蛮。呃,但是那些普通人会怎样呢?一个宗教如此不信任自己的信众,倒是有些奇怪。牧师当然会回答,牧羊人最了解羊群。可是教会有一种近乎偏执的警惕,害怕失去权力和控制。这又把我们带回到朱利安。

真希望我能和伊丽莎白·芬奇讨论这些。她会修正我粗陋的想法,帮忙理顺(或粗暴修改)我的叙述。我是在做她可能希望我做的事情吗?这句话里有太多无以言表的东西,所以它没有意义。但它让我明白,我有多么想念她。

正如她曾经指出的那样,结局可能和设想的大不相同。随着时间流逝,统治者会变得越来越保守,越来越不宽容,几乎没有例外。如果真的再给朱利安三十年或更多时间,而他却在这期间发现,用温和的政策迫害加利利人,奏效还是不够快时,他会怎么做?也许是因为他那些狡猾的对手一直在想方设法,实现各种各样的殉道。也许会有更多人纵火,袭击那些异教寺庙,甚至企图谋害皇帝本人的性命。那么如果,他让基督徒承受重石压身这一酷刑,把他们的宗教碾为齑粉,会怎样?他给了这些人他们声称想要的殉道,然后又给了一些。随之,他发现,加利利人在这个星球上的数量大幅度地减少了:残忍看起来跟温和一样好用,甚至更好用。这样,对这个日益边缘化的教派来说,对他们的极少数幸存者来说,朱利安这个名字将在几个世纪里让人噤若寒蝉,他的名字越来越值得被诅咒。

但与假设相反,是基督徒开始写下朱利安的故事。居鲁士的狄奥多罗(约393—约460)提出了两个主要观点。朱利安,所谓才华横溢的将军，实际上不过是黔驴技穷的战略家，犯下了低级错误：烧毁船只，让士兵在四十摄氏度高温的干燥沙漠里行军，这些都让他的军队士气低落。这位皇帝没有提前准备足够的补给，也没有有效掠夺途中经过的国家。

狄奥多罗的第二个观点更加出格，是关于异教神灵的本质的。不管这些神灵是在日耳曼的森林还是在希腊的神庙里被制造出来的，事实就是，它们并不擅长成为神灵。这不是说它们不存在，而是说，许多异教神灵就是不如基督教唯一的（或三位一体的）上帝那般强大，再说了，上帝身上还积累了所有圣徒和殉道者的加持。异教神灵善变而疯癫。"战神阿瑞斯，"狄奥多罗写道，"他挑起战争，却从来没有如约来到朱利安身边；洛希亚斯预言时撒了谎；而那个以扔雷劈人为乐的神，没能向杀死朱利安的凶手发送一个霹雳。"这是一场政治辩论，也是一场宗教辩论：不仅我们的宗教更为真实，我们的上帝也更为强大、更为可信。你最好弃暗投明，和我们在一起。给加利利人投票吧！

问：当一个神不再被崇拜时，（在男人和女人的心里）发生了什么？他不复存在了？还是像又一块太空垃圾，继续绕着地球旋转，希望在失效的波长上发出哔哔声？

比较和对比以下信仰系统：

A. 我们都服从上帝的意愿和权威。必须忠贞虔诚地常常敬拜上帝。上帝给予我们征兆和警示，我们需要去理解和阐释。此生只是来世的准备，届时灵与肉会分离。人也许应该找到加速这种分离的方法。

B. 我们都服从神灵的意愿和权威。必须忠贞虔诚地常常敬拜神灵。神灵给予我们征兆和警示，我们需要去理解和阐释。灵魂的幸福高于肉身的幸福，因此，更高级之物脱离了低级之物应该让我们感到欣喜，而不是悲伤。人也许应该找到加速这种分离的方法。他也许也知道自己的必死之地、葬身之所，这样他就可以从容赴死。

隔着时间跨度，它们的差别似乎更小了，即便其中产生的自恋和偏执依然醒目。原因之一是一神教的专横本质。正如亚瑟·休·克拉夫所说："汝只应拥有一个上帝；谁/愿意付出要俩的代价？"[1] 只有一个上帝**的确**是一种代价，因为**他**拥有所有的答案，给出所有的建议，需要所有的崇拜。基督教的上帝不会转包；他嫉妒心强，不愿意你敬拜其他神灵，不惜身兼数职。反之，异教神灵和希腊神灵各种各样、种类繁多。你可以有自己喜欢的神灵，他们每一个都掌管不同的事务，而他们，也有他们喜欢的人类。当然，他们之间经常吵架，而人类常常连带受伤。他们可能一时兴起就抛弃你：这就是为什么你总是需要讨好奉承他们。再花钱买一头白牛吧！这些多种多样的神，让你一直提心吊胆。比基督教上帝让你担心更多吧？这是一个艰难的选择。

信仰系统A和信仰系统B之间，还有第二个根深蒂固的区别，那就是：关于死后会发生什么。两个系统都赞同，肉体在此，而灵

---

1 这是英国诗人亚瑟·休·克拉夫的讽刺诗《最新版摩西十诫》的开篇首句，也是"新十诫"第一条。其他的还有"不得崇拜任何雕刻的图像：货币除外"等。

魂在肉体内，当死亡来临时，灵魂脱离肉体，自由飘浮，向上飞升（垂直向上是首选比喻）。然后呢？对基督教来说，这是我们存在的戏剧真正开始的地方。此世生活混乱污浊，仅仅是准备：潜伏在外屋，等待大厦开门。在这段微不足道的地上之旅结束后，在天堂里会有永恒的生，或者，在地狱里会有永恒的死。审判的时刻已经到来。然后还有一个更为深刻的问题——关于物质。加利利人最惊人的发明，就是肉身复活。柏拉图主义者认为，这不仅荒谬，而且令人作呕，它意味着我们将永远背负我们的肉身，包括鸡眼、白内障和拇指外翻。

朱利安在动人的临终遗言（几乎可以肯定是阿米亚努斯写的）里评论道："更高贵的实质就此脱离，应该是让人高兴而不是痛苦的事情。"他向"那永恒存在表达了谢意，它没有让我死于暴君的残忍，也没有让我死于阴谋的秘密匕首，或死于顽疾的慢性折磨"。相反，那永恒存在——不是随便什么神，而是朱利安的个人守护神，受托照顾他——允许他完全在自己的权力掌控下，在"光荣的职业生涯中"死去（或是安排或指示他死去）。我们忍不住注意到，他的个人守护神竟让他在制定宏图大计的十八个月后就死去了——将希腊异教恢复为罗马帝国首选宗教这个计划，将在波斯沙漠里和他一起寿终正寝。

在朱利安自致悼词之后，他嘱咐身边人"不要用娘娘腔的眼泪来羞辱一个王子的宿命，因为他很快就要和天空星辰结为一体"。根据吉本的说法，这种人类灵魂与天上神圣物质的结合，是"毕达哥拉斯和柏拉图的古老教义，但它似乎排除了任何个人的或意识的不朽"。需要强大的意志，才能毫不动摇地思考灭亡。而另一方面，也需要强大的意志，才能思考被一个全能的神灵所审判。

就算朱利安没有说出他那句著名的遗言，基督徒也赢了，他们也知道这一点。证据是，叛教者的密友和教友几乎都没有受到惩罚或迫害：他们已经在神学上被解除了武装。在接下来的一千几百年里，基督徒掌控了这个故事和故事里的信息；而朱利安依旧是他们那个反派万神殿里的关键人物，提起来就跟恶臭的希律王、彼拉多和犹大一样，他的名字是魔鬼的代名词，他被击垮，证明了上帝的正义，也证明了上帝对他唯一真正的一神论教派的无尽加持。一神论——真奇怪啊，每次我输入这个词，就会想到伊芬。

但这样的寓言故事不可能原封不动地流传下来。在那些朱利安并没有参与的殉道故事中，出现了他的身影。后来，他又进入了准世俗语境，版本有高雅有低俗。1498年，洛伦佐·德·美第奇写了一部戏剧，剧中朱利安不是中世纪魔鬼，而是结局悲惨的文艺复兴英雄。1556年，汉斯·萨克斯（他就是瓦格纳《纽伦堡名歌手》里那位"名歌手"）制作了一部民谣剧，剧名就叫《皇帝朱利安在游泳》。朱利安去打野猪；之后，他在游泳时，衣服被天使偷走了。没有皇袍在身，他的朝臣甚至妻子都认不出他来。他失去了所有的权力和价值。由此，卑微的异教徒乞求基督教上帝的原谅，而且，你可能会觉得很奇怪，他拿回了他的衣服、王位和帝国。

米歇尔·德·蒙田（1533—1592）是第一个对叛教者给出自己判断的现代独立思想家，在《论良心的自由》一文中，他表达了自己的看法。这个法国人是斯多葛主义者、怀疑论者和伊壁鸠鲁主义者,也是披着天主教审慎外衣的宽容的自然神论者。他从小讲拉丁语,懂一点希腊语(而朱利安从小讲希腊语,懂一点拉丁语)。两人都对死亡漠不关心,近乎蔑视。而且,两人都发现自己处在宗教争端的中心。蒙田一生经历了大部分宗教战争,这些战争在1562年至1598年间肆虐法国,造成三百万人死亡。

蒙田在文章开篇就提到"目前的争执让法国陷入了内战"。它的原因之一,也是致命的后果,就是**理性**已被**激情**所取代。即使是执政的天主教徒中的"理性人"——蒙田是支持他们的——也被驱使着采取了"不公、暴力和鲁莽"的行为。而且一直以来都是这样:蒙田把我们引向了基督教早期,"那时候,我们的宗教开始得到法律权威的支持"。这种权力导致了对净化的过度狂热,而且"销毁了大量异教书籍,让有识之士蒙受了惊人的损失。我估计,野蛮人放的所有火,都抵不上这种过度狂热对文学的伤害"。例如,基督教狂热分子曾试图销毁每一册塔西佗的《历史》(而且几乎成功了),只是因为,引蒙田所述,"有五六个可怜巴巴的句子,对我们的宗教表示了敌意"。

朱利安由此提供了从古到今一个极有说服力的例证。即使他在宗教问题上"不折不扣地邪恶","是一个对我们严苛……却并不残忍的敌人",但在蒙田看来,这位叛教者是"一个真正伟大而杰出的人物"。他为"德行的每个领域"都留下了"行为规范的榜样:纯洁、公正、节制、达观"。他还在"文学的所有门类里都出类拔萃"。在此,你能够感受到一位作家哲学家对另一位作家哲学家的强烈吸引力。蒙田打趣地重复了一则嘲弄朱利安过度热衷异教的笑话:"他同时代的人嘲笑他……(并且)说,要是他成功战胜了帕提亚人,那么全世界的公牛都会被他当祭品献掉了!"

1644年,弥尔顿在英国议会发表了一场演讲,反对官方的印刷许可(因而是潜在的审查)制度,后来以《论出版自由》为名发表。这是对言论自由的有力而热情的辩护之一,弥尔顿认为,言论自由不仅是促进学问的关键,也是弘扬美德的要素。同时,它还代表了议会代言的那个国家:"这个国家不仅不迟钝沉闷,还高效、灵巧、具有洞察力。"弥尔顿从原则和实践两个方面对此进行了论证。他声称,审查制度显然是无效的:它就好比"那个勇士以为可以靠关上公园大门赶走乌鸦"。弥尔顿坚持认为:"在所有自由之先,给我凭良心去了解、表达和争论的自由。"

这不仅是跨时代的高论,也是当时的政治论点。对英国新教自由意志主义来说,还有什么比罗马天主教更格格不入的呢:一位压迫性的教皇、一个"专制的"宗教裁判所,还有《经文汇编》、审查制度以及对伽利略和许多其他人的迫害。当然,早期教会受到的迫害多于它去迫害别人;在此,弥尔顿提到了叛教者朱利安,称他为"我们信仰的最狡猾的敌人"。在这种语境下,你可能会认为朱利安是一个自相矛盾的例证:毕竟,手稿和藏书的大规模销毁,以及随之而来的学问的丧失,是早期基督徒对异教徒所干的事,而不是相反。据我们所知,朱利安没有下令毁掉过任何一部加利利人的文献。

但这正是为什么他如此狡猾:他可能没有审查或销毁过书籍,

但他确实审查了读者。这位皇帝最有伤害力的战术就是"禁止基督徒学习异教徒的知识"。乍一看,这似乎只是一个小小的损失,事实上你可能会认为,异教书籍被排除在外是受基督徒欢迎的事情。但禁止加利利人接触希腊哲学和科学,让他们只能在自己的教堂里教授自己的圣书,将产生一个副作用,那就是把他们边缘化,将他们排除在公民权利和义务之外。基督徒立刻看明白了其中的险恶。就像弥尔顿所说:"他们随后就认识到,这是一种巨大的伤害,他们被剥夺了学习希腊知识的权利,他们还认为,比起德西乌斯和戴克里先那种公开的残忍,这是一种更深层次的迫害,是在暗中腐蚀教会。"幸运的是,基督教上帝注意到了叛教者所代表的那种危险,并通过圣巴希尔和圣墨丘利采取了行动。在弥尔顿看来,"上帝的旨意(进行了干预)……带走了无知的法律,也带走了创造这个法律的人的生命"。

对英国新教徒来说,叛教者依然是一个鲜活的怪物,他在1679年至1681年的排斥法案危机期间再次显灵。从1660年起,查理二世以新教国王身份进行统治;但他的兄弟和继承人约克公爵詹姆斯是天主教徒,他渴望这个国家恢复那唯一真正的信仰。这吓坏了许多人:下议院反复投票,否决詹姆斯的继位权,结果是,要么上议院驳回了这个法案,要么查理二世干脆解散议会。很多小册子和传单发表抗议,也遭到反击,最著名的一篇来自塞缪尔·约翰逊,不是后来那个约翰逊博士,而是排斥运动的领袖拉塞尔勋爵的家庭牧师约翰逊。他的小册子有个很长的标题《叛教者朱利安:生平简述;

早期基督徒对他继承权的看法;以及他们对他采取的行动》。"继承权"一词泄露了真相,而副标题进一步解释了该文的目的:《附论罗马天主教与异教的比较》。

对约翰逊来说,叛教者是基督教历史上最大的恶棍之一:他和"迫害者希律""叛徒犹大""基督杀手彼拉多"并列,紧挨着"憎恨上帝者犹太人"。令人欣慰的是,那些早期基督徒已经"助力祷告,咒他死去",他现在正在地狱"接受极度的惩罚"。他人称"大伪君子",也称"大叛教者";基督徒称他伊多利安努斯[1],而不是朱利安努斯;还因为他喜欢牲祭,叫他烹牛者。他对占卜的热衷令人厌恶,也是对上帝的亵渎:凡人谁敢对上帝的世界里将要发生的事情妄加猜测呢? 虽然朱利安本人可能没有亲自下令对基督徒进行肉体迫害,但他的前驱、信徒和同伙的手上都沾满了鲜血。"在阿斯卡隆,在加沙,他们剖开基督徒的身体,塞进大麦,然后扔给猪猡大快朵颐。"在君士坦丁统治时期,太阳城赫利奥波利斯某个助祭,可能叫西里尔,"胸膛里燃烧着神圣的热情",捣毁了很多异教的偶像。作为报复,"可恶的异教徒们……不仅杀了他,还剖开了他的肚子,品尝了他的肝脏"。这种放肆无礼的美食行为有点过火了,受到了应有的惩罚:正如"历史学家所记载的",不久之后,"他们的牙齿、舌头和眼睛,都从他们的脑袋上掉了下来"。

首席大法官彭伯顿宣称:"罗马天主教比所有异教迷信还要**糟糕十倍**。"约翰逊则补充道:"我因此确信,我们不会比原始基督徒

---

[1] 伊多利安努斯(Idolianus)一词里的idol即天主教的偶像崇拜,指朱利安是偶像崇拜者。

更糟糕,如果我们对天主教继任者的厌恶,要十倍于他们对朱利安的厌恶。"这是令人沮丧的前景:"所有新教徒的生命,都将仰赖于太平绅士、警察和地方治安官太兴长的怜悯,而这些人有足够的天主教热情来消灭新教徒。每一个军官和忠诚的士兵都会大开杀戒,而不会遭到任何抵抗。"天主教徒会把英国新教徒当作"一小口轻松佳肴"。

天主教徒在三个方面都和异教徒相似:多神崇拜、偶像崇拜,还有残忍。他们崇拜"大量虚假的神灵",向各种各样的圣人祈祷,甚至是那些"野兽和牲口"的圣人。他们崇拜尸骨,向天使以及"无所不在"的圣母玛利亚祈祷。偶像崇拜是信奉多神论的必然结果。"在八百多年的时间里,基督教世界一直沉浸在可憎的偶像崇拜中,这是上帝最厌恶的恶习,也是人类最该死的罪行。"天主教男圣徒就像"波斯王子",女圣徒则像"衣着光鲜的漂亮娼妓"。天主教徒有朝圣、蜡烛祭礼、还愿供品、流泪石像和奇迹疗法种种,看到"任何一座木头十字架",或所谓基督之血的一小滴干涸样本,他们都会跪倒在地。他们还崇拜一种"劣质的"威化饼,那就是"一小片面包,是,就算上面印着耶稣受难像,也粗劣得很"。

说到残忍,天主教徒在这方面甚至比异教徒还过分。"除了强迫我们接受他们的偶像崇拜(就像法国国王卖他的盐给我们一样),没有第二件事情可以满足他们,不管我们有没有理由接受这个信仰,也不管我们愿不愿意。"很多例证都说明英格兰正面临"盲目的天主教狂热"。约翰逊让读者回想伊丽莎白统治时期充斥着的"可怕阴谋"。那些现在欢迎詹姆斯当国王的人似乎对"巴黎婚礼、火药阴谋或爱尔兰大屠杀一无所知"。

约翰逊的小册子为他赢得了"朱利安·约翰逊"之号，也引发了其他人跟风起名：给他安上的外号包括"朱庇特大神"和"叛教者君士坦提乌斯"。这也给他带来了一堆麻烦，外加1683年，他的金主拉塞尔勋爵在林肯的因河广场上被杰克·凯奇笨手笨脚地砍掉了脑袋。约翰逊本人也曾两次受审：第一次是在1683年，被控煽动诽谤，他的著作被官方绞刑吏当众焚毁。第二次是在1685年，罪名是语焉不详的"重大不端行为"。他被判四次戴枷示众，罚款二百马克，"从纽盖特监狱"一路被鞭打到"泰伯恩刑场"。有人向当时在位的詹姆斯二世求情，但国王回答说："既然约翰逊先生有殉道精神，那他受难就理所应当。"约翰逊被"一根九缕鞭"打出了三百一十七条鞭痕。但他还是执迷不悟：还在接受外科医生治疗的时候，他就重印了三千册《罗马天主教和异教的比较》，并发表了对受审经过的记述。

18世纪，朱利安身后声名达至巅峰。他的生活和思想在两个方面特别吸引人：他举世闻名（或臭名昭著）的"温和"，转化为启蒙运动的"宽容"理念；他被认为是哲学王子的化身，而王子的后代正是那些开明的君主。因此，狄德罗和俄罗斯的叶卡捷琳娜二世建立起友谊，女王买下了狄德罗的藏书馆，又留给了他，还付钱让他成为她的馆长。与此同时，伏尔泰受到普鲁士腓特烈大帝追捧，"我的苏格拉底"，国王长叹；"我的图拉真"，哲学家应答。

不过，率先走出这一步的，是孟德斯鸠。他在《论法的精神》

(1748)里,高度赞扬了斯多葛学派:"真的,要是我能有一刻忘掉自己是个基督徒,那我就会不得不承认,在人类的巨大不幸中,芝诺教派的覆灭算得上一个。"接着,他特地赞美了朱利安,称他是最优秀的统治者:"在他之后,再没有比他更适合统治人民的王者了。"不过,他补充了一个对他那个时代他这样的写作者来说是必要的附加条款:"但我的这个认可,绝不会使我成为他的叛教同谋。"

伏尔泰在他的《哲学词典》(从1764年开始的版本)里,用两个典型的具有争议性的词条,对朱利安做出了现代性的解释。从一开始,他就拒绝孟德斯鸠式的谨慎,没有欲言又止地说"要是我不是个基督徒"。他甚至拒绝通常会安在这位皇帝头上的贬称"叛教者":无论是从朱利安的朋友还是敌人那里,伏尔泰认为,都看不到证据表明他从真诚信仰基督教,转变为真诚信仰帝国诸神;他的"基督教"只是用以自保的必要伪装——因此,他不可能是一个叛教者。至此,在经历十四个世纪的污蔑诽谤,还有教会之父及其继任者们捏造的无稽之谈后,理性分析的时代终于到来了。真正的朱利安与魔鬼相去甚远,那只是他在神学上的对手所描绘的形象,实际上他是一个"冷静、节制、心地善良、勇敢而温和"的人。而且,如果我们让事实来说话,不得不承认他并不热爱基督教,那么,"我们可能会发现,他憎恨那个流淌着他自己家族血脉的教派是情有可原的"。尽管他受到了加利利人的"迫害、监禁、流放和死亡威胁",但他并没有反过来迫害他们,他甚至赦免了六个意图谋害他生命的基督徒士兵。他拥有图拉真、加图、裘力斯·恺撒和西庇阿这些罗马皇帝的所有美德,但又没有他们的缺点。总之,他完全可以和马库斯·奥勒留——"此为人中翘楚"——相提并论。

在伏尔泰看来，宽容和宗教自由是启蒙运动得以产生的两个先决条件。因此，早期基督教历史的两大灾难就是强制实行一神教，和君士坦丁推行的政教合一。朱利安，这位哲学王子和宽容典范，明显不是转瞬即逝的历史反常现象，为了阻止基督教的推进，他进行了最后一次英勇（或虚妄）的尝试，如今看来，他是启蒙运动的耀眼先驱。在写给腓特烈大帝的信中，伏尔泰用他的词汇，向这位国王致以最高敬意，称他为"一个新的朱利安"。

1757年至1758年冬季，爱德华·吉本在洛桑求学时认识了伏尔泰，他打算在《罗马帝国衰亡史》中，将三个章节献给朱利安。他对朱利安的评价几乎和伏尔泰一样高，尽管这位皇帝强烈的异教倾向让他有点不安。他最终的评价稍微谨慎了一点：朱利安可能没有裘力斯·恺撒的天赋，没有奥古斯都的审慎，没有图拉真的美德，没有马库斯·奥勒留的哲学见地。但是：

> 在亚历山大·塞维鲁死去一百二十年后，隔了这么久，罗马人看到了这样一位皇帝：他将自己的职责视作自己的乐趣；努力减轻臣民的痛苦，振奋他们的精神；他总是竭力将权力和功绩、幸福及美德联系起来。甚至各种派系和宗教派别，都不得不承认，无论在战争时期还是和平岁月，他都才能卓著；他们都不得不叹服，叛教者朱利安热爱他的国家，他值得拥有世界帝国。

吉本钦佩朱利安面对死亡威胁时的坚定：在佩里萨博被围困后，他告诉他的军队，"我已经准备好站着一死；我厌恶活在惶惶不安中，厌恶每时每刻都在担心偶然的一次发烧"。但这种高蹈的思想，让他忽视了经营帝国现实层面的难题。临死前，朱利安拒绝指定继承人，因此，在吉本看来，导致了"帝国的灾难"，让基督教获得了胜利。很快，异教信仰"不可挽回地沉入尘埃"，而"哲学家们……认为剃掉胡子是明智之举"。

他留给后人的，除了他的生平事迹，便是他反对基督教的最后一搏，对吉本来说，这一点之所以更出名，是因为此举注定失败：

> 朱利安的才华和能力不足以让他完成一个宗教复兴事业，因为这个宗教缺乏神学原则、道德戒律和组织纪律；因此它迅速走向了衰亡和解体，同时也很难有任何实际而持续的革新。

朱利安上台后就开除了贪赃枉法的宫廷太监，就像他解雇了那些数量惊人的理发师一样。他本人也许是做出了勤俭节约的榜样，但即使是他的身边人也没有效仿。他一占领君士坦丁堡皇宫，就召见了老朋友马克西姆斯。"马克西姆斯经过一个又一个亚洲城市，"吉本写道，"一路展示了哲学虚荣心的胜利"，可一旦抵达君士坦丁堡后，"他就不知不觉地被宫廷里的诱惑腐蚀了"。在朱利安短暂的统治结束后，马克西姆斯成为官方调查的对象，调查内容是"这位柏拉图的门徒是如何在短短的得宠期间就积累了令人瞠目的财富的"。以前做这种事情的人是太监和理发师;如今是"哲学家和智术师",他们中少有人"能够保持他们的清白或声誉"。

但是,吉本认为,多神教还有一个更为深层的结构上的弱点:它由"一千个松散而灵活的部分"组成,因此"众神的仆人可以自由地定义自己宗教信仰的深度和广度"。换了其他情况,这可能并非弱点,而是宽容的力量。朱利安对待宗教的尺度无疑是最大的。他对犹太教的认可,就是"一个只是想要增加神灵数量的多神论者"的想法。

朱利安本人的宗教实践是热诚的、始终如一的,而且是以最高标准执行的。根据演说家利巴尼乌斯的说法,这位皇帝相信:

> 他生活在与男女众神持续不断的交往中;他们降临人间,和他们最喜欢的英雄愉快地对话;他们抚摸他的手或者发梢,温柔地潜入他的梦里;他由此获得了极为切身的知识,每一个临近的危险,他们都会警告他,每一个生活细节,他们都用完美的智慧指导他;他也对他的天堂来客有了深刻的了解,很容易分辨出朱庇特和密涅瓦的声音,分辨出阿波罗和赫拉克勒斯的身形。

吉本说这样的幻觉只是"禁欲和狂热带来的普通反应",这一论断"几乎将这位皇帝降至埃及僧侣的地位"。这里只是"几乎":当一名埃及僧侣相对便宜,与顶级神灵打交道则极其昂贵。朱利安每天早晚都会献祭,不放过任何机会,也不留给任何人:

皇帝的事务变成了拿着木柴煽风点火，手持刀具宰杀牺牲，然后将手伸进濒死动物的内腔，掏出心肝，以内脏占卜师的精湛技艺，解读未来事件的虚幻征象。

顶级神灵自然应得，也确实得到了顶级的牺牲品："最稀罕最美丽的鸟儿"被源源不断地从遥远他乡送了过来。通常，一天之内就会有一百头牛被宰杀。不过，他的部队却很赞成皇帝的这种勤勉，这样他们就可以吃上剩肉了。

朱利安的大名在整个18世纪和19世纪都是硬通货。席勒花十年时间准备写一部关于这个主题的戏剧，还跟歌德提及此事，但这个计划没有留下任何材料。两人还结成同盟，想要出版一系列杂志（自1789年起），以挽救德国艺术和文学的衰落。但刊物大部分内容都不得不靠他们亲自供稿，结果也不是很理想。有一次，歌德沮丧地将他们的任务比作朱利安挫败基督教的徒劳。

在《唐璜》(1819—1824)的开头，拜伦不无讽刺地将这首长诗献给他的诗友罗伯特·骚塞，此人和华兹华斯一样，一开始是热情的革命者，但随着时间的推移和年龄的增长，变成了保守的建制派。"鲍勃"骚塞在1813年接受了桂冠诗人的称号，成为拜伦眼中"史诗的叛徒"。这首诗的结尾这样写道：

变节也变得如此时髦了，
坚守一个信念已经成了一项无比艰巨的任务。

不是这样吗,我的托利党,极端分子朱利安?

神学家和历史学家改编、改写了朱利安的生平和思想,以适应时代(和不断变化的永恒真理)的需要。只有极少数的改写具有想象力,或富有个性,比如亨里克·易卜生的改写。《皇帝与加利利人》(1873)是剧作家早期史诗四部曲(包括《布兰德》和《培尔·金特》)中的一部,篇幅宏大。"为什么不能写一部十幕剧呢?"易卜生反问道,"我觉得五幕剧空间不够。"在他看来,这部剧也是一部高度自传性的作品。"我在这本书里,融入了大量自己的内心生活,"他在给他的英国朋友和支持者埃德蒙德·高斯的信中这样写道,"我自己也经历过我以其他形式描绘的生活;而我选择的这个历史题材与我们时代的联系,要比人们在读它之前以为的紧密得多。"他称它为"一部世界历史剧",还称它为"我的大师之作"。

毫无疑问,它的确规模庞大:在1907年英文版《易卜生文集》里占了四百八十页。易卜生说人们"读"它,说的就是字面意思;他称它为一出戏,也称它是"一本书"。该书于1873年出版,发行了四千册,很快销售一空;第二版预付款到账后,易卜生把这笔钱统统买了瑞典铁路股票。这部庞大的剧本在任何通常意义上都不是一部剧作:一个想有所作为的导演必须深入挖掘,摒弃许多过度阐释的材料,才能释放出其中的戏剧性。

《皇帝与加利利人》严重违背历史;它在已知事实上厚厚包裹了19世纪的忧虑。这些问题包括:人类拥有自我实现的需要;意志具有根本的重要性;基督教和"生命的喜悦"无法相容。剧中有一些易卜生惯用的比喻，譬如纯洁的女性（她可能会变得不太纯洁）和私生子（这一角色的存在会让历史上那位皇帝的妻子海伦娜大吃一惊）。我们看到，剧中的朱利安有点像易卜生，有点像克尔凯郭尔，但不像历史上的叛教者，他在努力摆脱他深厚的虔信主义教养。他也属于易卜生塑造的那一脉人物，即充满理想主义，但被误导的改革者，坚信自己可以在一个纯洁女子的帮助下，改变整个世界的进程。

戏的开场，朱利安向他那位神秘的朋友马克西姆斯请教，后者召唤出几乎改变了人类历史的三个人的灵魂：该隐和叛徒犹大显身了，但第三个人的身份依然成谜——因为马克西姆斯意识到，此人要么是朱利安，要么是他本人。他还透露，世界历史赋予皇帝的任务就是，将基督教的智慧和异教的智慧结合在一起——这一观点在当时相当流行。

易卜生笔下的朱利安远非聪明、仁慈、不尚暴力、更喜欢智胜对手的统治者，而被描述为十足的罗马暴君。当他在波斯沙漠里遭遇死亡时，并不是死于神秘长矛手之手，更不是死于两位基督教圣徒的神奇结合之体。相反，他是被虚构人物阿加松谋杀的，身为皇帝密友，阿加松开始意识到皇帝是一个反基督者。奄奄一息的朱利安承认，他的专政适得其反；他激起了基督徒发自内心的反对，并确保了他们的宗教在未来的统治地位。"意外后果定律"再次上演，就像在该隐和叛徒犹大身上展现过的那样。

《皇帝与加利利人》作为书大获好评，但作为一出戏，却乏善可陈。整整三十年后，1903年，也就是这位剧作家去世前三年，它才登上挪威舞台(然后只上演了前半出)。英国一向是易卜生忠粉所在地,但这部被易卜生称为"我的大师之作"的戏剧,直到2011年才在伦敦首演。(富有同情心的)《卫报》评论员认为它"离大师之作尚有一点距离";而(缺乏同情心的)《每日电讯报》评论家则声称它"乏味难忍"。

另外还有一个可能有点学究气的脚注。詹姆斯·乔伊斯发表的第一篇报刊文章是一则八千字的评论,评论的正是易卜生的《当我们死后醒来》。《双周评论》支付了他十二基尼的稿费;那年乔伊斯十八岁。他宣称易卜生是现代最伟大的思想家和心理学家:比卢梭、爱默生、卡莱尔、哈代、屠格涅夫或乔治·梅雷迪思都要伟大得多。自然,剧作家对这一评价十分高兴,并向这位年轻的都柏林人致以友好谢意。将近四十年之后,乔伊斯在《芬尼根守灵夜》中进一步表达了对易卜生的敬意,小说中出现了六十多个关于易卜生名字和剧名的双关语。于是就有:"对贵族和绅士、码头工人和厨房小工来说,这是来自民间谚语和头脑发热胡言乱语者之陈词滥调的新鲜话语。"短语"码头工人和厨房小工"与挪威语"皇帝与加利利人"谐音,后者正是这部剧作的原剧名。要不是已经死了三十多年,易卜生可能会喜欢这种烧脑游戏。

就这样,我们又来到了斯温伯恩和他的诗歌《冥后赞歌》,此人此诗是很多年前我从伊芬口中第一次听到的。1878年,斯温伯恩写了第二首关于朱利安的诗《最后的神谕》,讲述了朱利安统治初期一个反复出现的插曲。362年,朱利安派遣他的朋友奥里巴修斯前往德尔菲，向女祭司皮提亚本人询问，如果他继续波斯战争，获胜概率有多大。但奥里巴修斯没有带回什么意味深长的讯息，好让占卜者细细琢磨，他带回来的是一条最坏的消息：神谕实际上已经对人间事务永远关上了大门。皮提亚给奥里巴修斯的回复是：

> 告诉国王，荣耀之地在人间已经崩塌，
> 　　会说话的喷泉也已枯竭，不再流淌。
> 神赐的隐居小屋荡然无存，没有屋顶，没有遮挡，
> 　　在他手上，不再有先知的月桂绽放。

奥里巴修斯及时向朱利安汇报了这些话语：

> 而伟大的国王，你真正的最后的爱人，
> 　　感受到你的回答，刺穿了他高傲的悲伤之心。
> 他垂下无望的头颅
> 　　在茫茫世界的浪潮里随波浮沉。

像《冥后赞歌》一样，《最后的神谕》也是一首挽歌，它哀悼旧日的异教神灵日薄西山，也悲叹新的宗教不请自来，"这是陌生的上帝之国"，它将"光明换作火焰，将天堂换作地狱，将欢乐颂换作赞美诗"。但诗人在承认异教被基督教打败的同时，也在两种宗教的上方，召唤阿波罗，因为所有的歌曲、所有的阳光都来自阿波罗，

他掌管着一切:"上帝统辖的神离去,被摘去了王冠,被褫夺了神性/但赋予他们形象和语言的灵魂还依然坚挺。"这首诗不断地重复和祈祷:"啊,我们所有人的父亲,太阳神阿波罗/毁灭者和治愈者,请你倾听!"

因此,斯温伯恩的这两首诗为叛教者的统治设定了开始和结束:统治开始时,德尔菲的神谕缄口不言,统治结束时,皇帝发出了垂死的呐喊。但事实上,这两个"事件"都没有发生过。正如朱利安的著名遗言是后来的发明,奥里巴修斯也从未去德尔菲朝过圣。他似乎只是到了晚年才"记起"自己这么做过,这时候朱利安已经死去很久了。此外,用新近一位传记作家的话来说,皮提亚在362年时"就算患有关节炎,也依然很活跃";而传达神谕这件危险事情,她又接着做了二十年。

在朱利安的时代,西罗马帝国从米兰、东罗马帝国从君士坦丁堡,展开它们的统治。他喜欢的城市肯定不是大都会。卢泰西亚(现在的巴黎)只是塞纳河上一座小岛,再加上左岸一些建设:房屋、宫殿、圆形剧场、浴场、引水渠和供罗马军队训练的战神广场,甚至还小心翼翼地种上了葡萄和无花果树。朱利安最喜欢的,就是当地居民严肃简朴的举止。没有什么虚头巴脑:在卢泰西亚,戏剧要么不为人知,要么遭到鄙视。这位未来的皇帝"愤愤不平地将娘娘腔的叙利亚人,和勇敢淳朴的高卢人进行了对比"。事实上,高卢民族性格里唯一的污点就是"放纵"。

吉本允许自己愉快地幻想朱利安穿越到18世纪的巴黎:

如果朱利安现在可以重访法国首都,他可能会与科学家和才子们交谈,这些人能够理解,也有能力指导他这位希腊人的门徒;他可能会谅解这个活泼优雅的民族的愚蠢,因为他们的尚武精神并没有因为奢侈享乐而消磨殆尽;他也一定会赞美他们对于崇高艺术的完美主义倾向,艺术让社会交往变得温柔、文雅而优美。

朱利安还可能喜欢被当时的法国哲学家和历史学家奉为座上宾。但这种追捧并没有持续下去。一个世纪以后,那些后学转而开始反对他。小说家法朗士因为奥古斯特·孔德和欧内斯特·勒南不待见这位皇帝而感到沮丧尴尬。"孔德对他太苛刻了。"他写道。至于勒南,他在对基督教起源的大量调查中,总是在不断贬低朱利安(哪怕只是顺带一嘴)。在勒南看来,基督教是一神教的最高表现,而朱利安想要复兴旧宗教,是"不合逻辑的任性念头"。异教已无可奈何花落去,叛教者站错了历史。他与安条克、希律王和戴克里先一起站在了被告席上,"他们都是世界上伟大的王者,但公众的审判让他们永世不得翻身"。一天晚上,在某个社交场合,法朗士听到勒南对任何能听到他话的人"小声嘀咕":"朱利安!他是个反动派。"

法朗士对朱利安的评价要高得多:"朱利安向世人展示了独特的风采:一位宽容的狂热分子。"但法朗士也很容易接受对这位皇帝的浪漫的、实际上是虚构的解释,将他刻画为年轻人,他将"他的生命及一切"都归功于"爱他的皇后,聪明又美丽的尤西比娅"。当他前往高卢时,她给了他"浩瀚的藏书,全是诗人和哲学家的著作"。因此,正如朱利安自己所说:"高卢和日耳曼对我而言变成了一座希腊文学博物馆。"法朗士热情想象着这位哲人王子在战斗中的样子,他一边同匈奴人作战,一边阅读皇后给的书籍以示纪念。

然而,这里,至少对一个老练成熟的法国人来说,存在着一个悖论:

> 不过,在所有靠爱情发迹的男人中,朱利安可能最不愿意费力气去取悦女人。尤西比娅在性取向上一定有某些特殊品味,才会把自己倒贴给这样一个禁欲的年轻人。朱利安又矮又壮,并不英俊,他还故意不修边幅,让自己显得比本来的样子还难看。他留着一口山羊胡子,却从来不加梳理。他相信胡子脏了才有哲理,这是他的弱点。

阿纳托利·法朗士和安提俄刻人一样傲慢自负。显而易见,在巴黎沙龙里,这位皇帝不可能受欢迎:他会像个另类,惹人侧目。关于他的"矮小",他高五英尺一英寸,阿米亚努斯说,这在当时属于中等身材。法朗士对朱利安将禁欲主义和神秘主义结合起来的做法也有点不满。"他是一个深刻的神学家,也是一个严苛的道德家,他照着良心的指示,靠不吃不睡而提升的命运悸动来行事……一想到这个皇帝从来不睡觉,人们就不寒而栗。"

话是这么说,但法朗士确实把我们引向一个无法回避,或也无法回答的问题:

然而，希腊文明教义灵活、哲学精微、传统诗意，也许会给人类的灵魂染上甜美而多样的色彩，如果现代世界是生活在仁慈女神的羽翼下，而不是十字架的阴影里，它将会是什么样？这是个大问题。很不幸，这个问题无法回答。

到了20世纪，朱利安的魅力有所减退。他依然"活跃"在学术圈里；但在其他地方，他只是一个历史人物，每个作者都对他有各自的评价。无论如何，在我看来是这样。我也必须承认，我的研究热情正在消退。例如，希腊作家尼科斯·卡赞扎基斯写了一出戏，没有翻译过来，只于1948年在巴黎演了一场：我真的想继续跟进吗？托姆·冈恩写过一首令人费解的致敬诗，还有卡瓦菲，他写过十来首意思更为清晰的献诗。但我对科莱昂·朗加维斯和德米特里·梅列日科夫斯基的作品，有点望而却步，也没有深入研究过米歇尔·布托尔和戈尔·维达尔的小说。我看上去是在整理一份迄今为止的未读书目。

但20世纪的确出现了一位意想不到且不受欢迎的叛教者崇拜者。如果像某些人所说的那样，朱利安是个"狂热分子"，那么他吸引了狂热分子中的狂热分子：希特勒。

下文引自希特勒的《餐桌谈话》，时间是1941年10月21日中午：

回首一两百年前我们最优秀的头脑对基督教的认识，我们会羞愧地意识到，我们的看法几乎没有什么进步。我不知道原来叛教者朱利安对基督教和基督徒曾做出过如此清晰的判断。你们应该看看他对这个问题的说法。

不知道是谁向元首透露了朱利安的故事。无论如何,四天后的晚餐上,他又回到了这个话题,当时在场的特殊客人是党卫军首领希姆莱和将军海德里希:

> 这本书包含了朱利安皇帝的思想,应该发行个上百万册。多么出色的领悟,多么敏锐的洞察,都来自古代的智慧。非同寻常。

另外,之前,也就是1941年7月11日至12日晚上,他还说:

> 人类有史以来遭受的最沉重的打击,就是基督教的到来。在古代世界,人与神的关系是建立在本能的尊重之上的。那是一个受宽容理念启发的世界。基督教是世界上第一个以爱的名义消灭对手的宗教信仰。它的基调就是不宽容。

这种捍卫宽容的态度异乎寻常地反讽。至少,希特勒没有以爱的名义消灭他的敌人。他倒不伪善,直接以仇恨和种族优越的名义消灭了他们。因此,虽然他可能会钦佩那位皇帝,但肯定并不懂他。正如朱利安所写,"说服和指导别人时,要以理服人,而不是靠殴打、侮辱和折磨"。至于对加利利人,"那些人在如此重要的事情上犯了错,人们更应该怜悯而不是仇恨他们"。

第三部

写完关于朱利安的论文,我的心静了下来,同时又感到十分振奋。当然,我没有拿给任何人看,因为除了伊芬,没有任何我可以拿给他看的人。它引起了我的兴趣,这就够了。这也证明我不是挖坑大王,或更确切地说,不是挖坑差生。是时候继续前行了。如果我的朱利安让她满意了(尽管我怎么会知道?),那么现在是时候继续向她本人表示敬意了。

克里斯早先曾问过我,是不是正在写一本关于他妹妹的传记。我支吾其词,不敢直言,因为写她的传记似乎是一个……很粗鲁的想法。朱利安皇帝带我来到诗人卡瓦菲面前,这位诗人写下了这么几行诗句:

> 我不会让他们从我的行为和言说之中
> 有迹可循,知道我是谁

可令人丧气的是,卡瓦菲的传记作者还是登场了。这位诗人毫无疑问有些秘密,而且毫无疑问是不想被人发现的性方面的秘密(谁没有呢?)。诗是这样结尾的:

> 以后——在一个更完美的社会里——
> 像我这样的别人
> 肯定会出现,并能放飞自我。

即使是这首诗,也依然多年没有发表。但它的意思是明确的:

别管我,别打扰我们这些微末。那么伊丽莎白·芬奇呢?她会假定有人会"试着发现她是谁"吗?我怀疑她会有这样的虚荣心。

伊丽莎白·蕾切尔·简·芬奇,她的出生证上是这样写的;上面还有出生日期、父母和户籍登记员的名字和签名。她没有结婚证,但也不排除她用假名举行过一场墨西哥婚礼(这样的可能性:零)。死亡证明,这个有。遗嘱,也有:几小笔遗产,慈善捐款,一个让我接收她的藏书和手稿的指示,剩下的都留给克里斯托弗。如果你在谷歌上搜索她,会找到一个报纸网站链接,上面有对那起"羞辱事件"的报道,内容有点偏差。但我不确定我的性格是否适合"还她清白"。

我问过克里斯托弗他们父母的情况。他们的父亲一直从事皮毛生意;他很顾家,又极为焦虑,只能偶尔说服自己,他给家人挣来的舒适郊区生活大概可以维持下去。他的担心是正确的:五十五岁那年,他死于充血性心脏病。他们的母亲假装这件事情没有发生,或即使发生了,也只是某种短暂的不便,像痛风那样。父亲临终阶段,负责照顾他的是伊丽莎白。她在他身边一坐就是几个钟头,默默无语,只是等他睁眼,微笑,然后报以微笑。这就是他们需要的全部,他俩都知道。

"后来呢?"

"后来,妈妈继续在那个房子里生活。她每个星期都会去做头发,监督清洁工和园丁,虽然'监督'这个说法有点夸张。还有,就是去茶馆,打桥牌,加入当地的癌症筹款小组。尽管我觉得她并不擅长筹款。而且,说到底爸爸得的也不是癌症。"

"那么伊丽莎白呢?"

"她每隔一个半月左右去看望她一次,纯粹出于责任。我不认为里面有任何同情,或任何兴致。双方都是。妈妈可能……有些沉浸在自己的世界里。而伊丽莎白可能……有点儿难搞,是这个词吗?"

我笑了。我可太懂了。

"对妈妈,她感到很别扭。她不尴尬,不至于尴尬。但她有点不相信她妈妈是她妈妈,如果你明白我的意思。"

"你没有这样的感觉?"

"呃,我是个简单人。我接受这个世界的本来面目,尽量少评判。毕竟,男孩子的母亲永远是他的母亲,不是吗?"

我没有接话。就我的情况而言——但我的情况无关紧要。我喜欢克里斯托弗·芬奇,尽管我怀疑他是否真的像他自称的那样简单。他妹妹不可能捕捉到他们共同基因中所有的复杂和微妙之处。

"那么……最后怎么了结的?"

"妈妈……给那样的慈善机构捐款,很搞笑,不是吗?譬如,我捐钱给巴纳多医生,因为我非常感激他让我的家庭养育环境有了保障。还有,我捐钱给救生员,因为我认为这样可以避免我遭遇海难。并不是说我经常坐船。我也许偶尔坐次轮渡……这些并不是说我真的迷信慈善捐款。总之,后来妈妈得了癌症,真讽刺,谁猜得到呀?丽兹还是像以前一样去看她,不多也不少。我接手了。医生、护理院、授权书,所有这些。还有葬礼。律师。"

"能问一下她在遗嘱里说了什么吗?还有你们父亲的遗嘱?"

"爸爸把所有东西都留给了妈妈。妈妈把三分之二留给了我，六分之一给了丽兹，六分之一给了不同的慈善机构。"

"伊丽莎白对此怎么看？"

"四个字：'绝对公平'。即便她知道爸爸不会喜欢这样的遗嘱。我提出把我得到的拿出一份给她，我俩把遗产对分，这肯定是爸爸想要的结果；但她拒绝了。'必须遵从她的愿望。'丽兹说；然后就这样了。说实话，我松了一口气，因为我有妻子和两个孩子。"

"她真慷慨。"

"好吧，是又不是。我以前不觉得，现在也不觉得她是为了我这么做。她这么做，是因为她认为这样做是对的。无论如何，丽兹会觉得挑战她妈妈遗愿的念头……"

"很庸俗？"我是在狭义意义上用这个词，就是芬奇认为的道德卑劣。克里斯不会知道这一点。

"有点这个意思。总之，丽兹和我一直相处得很好。即使完全从丽兹的角度来看。实际上，从她会说话的那一刻起就是如此。"

"你对此有过不满吗？"

他想了想。"我觉得某些情况下肯定不满过，也许在内心深处吧。我是正常小孩，有过青春期，所以肯定不满过。但你要明白，她是丽兹，我很小就对她敬畏有加。我们的父母从来没有评论或批评她……拥有……这样的权力。所以我以为这很正常。"

他的思绪似乎飘到了很远的地方，回到了他的童年。

"你是不是记得，她曾经对教会的早期历史表现出兴趣？"

他回过神来。"你这是在逗我吧。"

以下摘自伊芬的笔记本:

——毫无疑问,他们继续说,她从来没孩子,而且,就算她已经"接受"事实,一个没孩子的女人,在某种程度上,总是没有成就的,不是吗?傲慢和偏执的有趣结合。

——我不反感孩子,你懂的。我是一个能干又慈爱的姑妈和教母。就是孩子长大花的时间太长了。他们一直在过生日。过了这么多生日,还是没有成年的迹象。这样的设计是有缺陷的。

——一家兜售宗教的超级市场,供消费者选择归宿。

——每年我过生日的时候,都会清理我的橱架。感觉是在整理个人卫生。我有时会想,为什么我身边的人会以为,我会需要那么多香薰蜡烛,那么多润肤霜,那么多用奇怪原料制作的果酱,还有这种或那种松露罐头,如果你看标签,松露含量只有 0.05%。

此处是她在准备讲座:

——如果教会不是那么执着于一神论,也不是那么有压迫性,如果那些"非我族类"被驱逐的事情没有发生过,英国人本可以更加自由地融合在一起,异族通婚会变得很正常,白人不再是优越的标志。在这样一个社会中,地位、金钱和权力不会被突出。英国原本不必是一个靠武力征服他者的国家——外界对这类国家的看法往往从警惕敬畏到强烈厌恶,不一而足——它本可以换一种方式领导世界(或一部分的世界),成为展现宽容、自由主义以及对他者友善开放等美德的典范,这些美德在英国社会虽常被遮蔽,但也确实存在。就我们目前的状况而言,这一点更难做到了。有太多的自吹自擂需要被摒弃,太多的历史错误需要被纠正。毫无疑问,这一切如果被公开说出来,通常会招来谴责:说你是失败主义者,说你自我憎恨,是"左倾"分子,稀释真正的英格兰和不列颠血统,是国家公敌,等等,诸如此类。但DNA测试总会让"白"人大吃一惊,原来他们的"血统"如此多种多样。种族纯洁性就是一个笑话。取而代之的是一种拔高:保守主义幻想家称英国为"混血国家"。然而这并不是雄心抱负,只是承认既成事实。

有一次,在共进我们的意大利午餐时,我曾问她怎么过圣诞,那时候我对她的家庭关系和亲密程度一无所知。

"圣诞节那天,"她回答,"我会去医院。"

我大吃一惊:"你真的很……基督徒。"

"不是只有基督徒才会去做慈善。"她回应。

后来,我发现自己很想知道她是怎样和医院病人共度光阴的。他们中有多少人想讨论欧洲文学?她有没有佩戴冬青徽章?但我这么想,是没把这件事当真;而且也没有足够信任她。他们中有些人可能会因为这个镇定沉着的怪人现身而心生欢喜;不知何故,他们甚至会意识到,她不会对他们做出评判。比起柔声细语、假模假样的医院牧师,她可能更容易受到欢迎。

在克里斯喝过几杯白葡后,我对他说:"听着,这可能听上去有点儿尴尬……"

"直说吧。"

"你们家是……犹太人吧?"

"犹太人?"

"是的,你妹妹在课堂上说过这方面的话。"

"她说什么了?"

我告诉他伊芬和杰夫的那次交锋,当然变换了点说辞。

"不是,我们绝对不是。"比起受到冒犯,他似乎更觉得困惑,"你为什么会这样想? 我猜是丽兹肤色有点深,又比较有头脑吧……"我们大眼瞪小眼,同样吃惊。但是,正如我已经发现的,克里斯很少生气,总是喜欢将生活里的阴暗面变成一个笑话。"我是说,如果你要我脱掉裤子给你看……"

"抱歉抱歉,这显然是天大的误会。"

我后来想,这并不是什么天大的误会。所以一定是伊芬单方面故意撒谎。她说了失去家人之类的话后,就离开了教室。在一片寂静中,杰夫说道:"我怎么知道她是犹太人?"我从未怀疑过这一点,后来的证据也证实了：那位一定改名换姓了的皮货商父亲，那位养尊处优、喜欢抱怨的母亲（并不是说这样的形象在其他文化里不常见）。

但她为什么要这样做？我想到了一个比较简单的答案，也想到了一个复杂的。简单的是这样：伊芬认为杰夫在哗众取宠，决定让他难堪。嗯。绕一点的是这样：她一直在假装自己是犹太人；或者，说得再明确一点，她决定要冒充犹太人。问题又来了，为什么呢？是为了反抗英国反犹主义的兴起？好像说不太通。或者有可能是这样：这和技巧练习有关，某种程度上她是在练习建构自我。问题依然是，为什么？假装扮演一个不信犹太教的、已经被同化的犹太人，有什么好处呢？是展示某种风格吗，就像她的发型和粗革皮鞋？但伊芬那么严肃认真，你确定她会这样做吗？除非这是她更年轻时候做出的决定，那时她还没那么认真，然后就将错就错了。

我决定暂时搁置这个问题。

我有时候会想，传记作家们是如何做到这一点的：从所有这些间接的、矛盾的、缺失的证据中，创造出一个生命，一个活生生的生命，一个闪闪发光的生命，一个前后连贯的生命。他们肯定感觉自己就像朱利安带着占卜者随从一起出征。伊特鲁利亚人告诉他这个，哲学家们告诉他那个；众神在说话，但他们的神谕却缄默如谜；梦境以这种方式提醒他，幻觉以那种方式驱策他，动物内脏给出的提示暧昧矛盾；天空在说这个意思，尘暴和雷电的讯息却坚称不然。真相在哪里，前进的道路在哪里？

或也许，前后一致的叙事就是一种错觉，就像试图调和相互矛盾的判断一样。也许你同样可以仅凭一连串纠缠交杂、令人困惑的陈述性事实来解释一个人。例如：

——当他在安提俄刻担任法官时，这位皇帝因为轻率地侵犯了另一个地方官的权力，罚了自己十个金币。

——朱利安身上有种克伦威尔式的气质：简素，严苛，在战斗中毫不留情。想想这个逸事：他埋怨一位肖像师把他画得太漂亮："为什么，我的朋友，你给了我一个不是我自己的形象？你看到我什么样子，就画成什么样子。"痦子什么的都画上。

——他在税制改革上取得了成功，这是基于他对人性和经济活动的洞察。大多数公民认为自己税负过重，因此会隐瞒贵重资产，少报收入。税收人员的传统反应是提高税收标准，以弥补缺口。但朱利安知道，如果降低税收，公民更有可能按标准纳税，他们会更加诚实，对财政体系也会做出更公正的评价。

——在公元363年攻陷并洗劫毛伽马尔查之后，朱利安拒绝了他那份战利品。他只收下了"一个哑巴男孩，他善于用优美的手势，表达他所知道的所有手语，外加三块金币；他认为，这就是对他所赢取胜利的令人愉快的、可以接受的奖励"。

这样推进传记写作了吗？它是传主事迹的提炼呢，还是只是东一榔头西一棒呢？是小事件（可能有一整本书那么多）的汇集呢，还是只是碎片的集合?还是说,它只是引发了更多的疑问,譬如,他主人死后,那个哑巴男孩下落如何?

我举步维艰,怀疑的绝望淹没了我。随后我想起来,我在什么地方读到过,罗马的颂歌诗人在赞美和召唤死去的贵族大公时,会依赖一系列修辞手法和惯例。他是这样这样聪明,那样那样公正,这样这样勇敢,那样那样高尚。于是,死者那张坑坑洼洼、长满酒刺的脸庞被涂抹得光光滑滑,以便让他更加完美,更加不朽。然而,这就是问题的关键,这是一种之前用在其他人身上的个性套话,然后在未来的杰出死者身上循环使用。因此,用现代的话来说,你还是无法"理解"他。他们,和现代传记的主人公非常不一样,和我们身边的活人也不相同。或者说,很可能没有可比之处。

每当我琢磨她的过去,心思就会化解为:找到那个穿双排扣大衣的男人。克里斯提供的那一幕,就像一个富有画面感的谜语,在我眼前晃荡。我怎样才能找出那个男人呢?经过无数个小时的深思熟虑后,我意识到,伊芬可能会留下一本通信录,而且,尽管我觉得他不太可能被列在M(MIDBO[1])那一栏下,但他的名字很有可能会在通信录里。当然,除非他死了;或更确切地说,就算他死了,名字也还在通信录里。

通信录很小,是灰色布面的,里面的信息按独特的方式排列。朋友和同事的信息都是用墨水写的,字体介于草书和斜体之间。商

---

[1] MIDBO,"穿双排扣大衣的男人"(man in double-breasted overcoat)的首字母缩写。

业和职业上的往来则用铅笔，它们的有效期应该不长。家人被放在了字母F那栏下，邻居则被放在字母N下面。其中一部分人用铅笔加上了方括号。他们应该是去世的人，被更友善地对待，而非一删了之。我还看到了我自己的名字，感觉有点奇怪，好像把我变成了某种客观存在。这让我一闪念，哪天，某只上天之手，也会把我的名字加上方括号。

至少我有了一个合理的借口，可以毫无来由地突然给人打电话。我是伊芬以前的学生，一直和她保持着联系。我打算写一本简短的回忆录，因为，我肯定你也同意，她是我这辈子遇到过的最独具一格的人物。然后，如果他们听起来不那么抵触，我就会谦卑地建议，请允许我登门拜访。

反正这是我的想法。但我很快发现，并不是所有人都像我一样，对伊芬充满兴趣；而且，一个突如其来的电话显得很无礼；而另一些人则认为我的谦虚谨慎表明我是外行。的确，我缺乏一个合格研究者应有的冷酷无情。我得到的答复多种多样，譬如"要是你拿得到出版合同，那等拿到了再给我电话……，不，不要给我打电话，给我写信"，又譬如"哎呀，我几乎不记得她了，不过要是你愿意哪天早上过来喝一杯咖啡……"这是一个住在二百五十英里外的人跟我说的。有时，我几乎忍不住要说："让我开门见山吧——你现在，或曾经，有过一件双排扣大衣吗？你是她一生的挚爱吗？"

几年前，我有一个演员朋友，进了新公司，随着夜幕降临，他有时候会问那些还没走的人："你的心有没有碎过？"有些人会想起来，明天还要早起；另一些人会说这是他们的私事，谢谢你；那些犹豫不决的书呆子会问一通心碎的定义、情形和条件，来拖延回答。但我很佩服我朋友的出格行为，那些留下来的人，无论生性坦率，还是酒壮人胆，往往会在问答测验主持人的激励下，进行克制而炽烈的交流，而这个提问人，显然愿意向他们展示自己心碎的方式和频率。

有时候我想知道，伊丽莎白·芬奇会对这样的提问做出怎样的反应。有人可能认为，这位优雅镇定的女人会笑笑，上床睡觉。但我认为，面对我那位朋友的坦率，她也会同样袒露心扉。听众将被她的话所震惊，不是震惊她怎么爱、爱过谁，而是震惊她见解清晰，毫不自怜。

我这么展开想象：一个穿双排扣大衣的男人，伊丽莎白·芬奇小猫一样的（我竟敢这样形容她）举止。我可以确定，那是她的情人。那一次显然不是他们关系的开始，也不是结束。同样也不是他们在光天化日之下被双双活捉，她本人可能会这样描述这件事情。我问过克里斯托弗，当时她有没有带行李，他说他想不起来了；但考虑到兄妹俩后来一起吃了午饭，如果她带着过夜行李的话，克里斯托弗肯定会注意到的。

她伸开双手，掌心向下。他则掌心朝上，将他的手放在她的手下面。借助他的支撑，她踮起了脚尖。与此同时，她的另一条腿，几乎是自发的，在膝盖处往后翘，从她身后探了出去，就像一只火烈鸟。这显然不是她第一次这样做；这是他们说再见的方式，毫无疑问也是打招呼的方式……这个画面已经在我脑海里凝固成形。不是一个仿佛我亲眼目睹的凝固画面，更像是一张我正在察看的照片，或循环播放的一段模糊的视频。最后，她看着他离开。

这可能是一次仓促会面的结束。他是个大忙人。这地方是个无名大厅，他们不太可能被人发现，然而他们还是冒了克里斯托弗早到的风险。我得出结论，这个男人已经结婚，或至少和别人有染。他没有太多的时间。她深爱着他。他离去时，她热切地目送着他。

或许情况正好相反。他匆忙穿过市区，就为了赶在她和克里斯见面前，一起喝上一杯咖啡。他深爱着她。他们刚刚共度了原本惨淡的一天的几个美好瞬间。他离去时，没有回头看她，因为他天性谨慎小心。**或许**，他没有转身，是因为离开她是如此痛苦，即使他第二天就会再见到她，即使他们计划了一次出国旅行，还订了一个头等包厢，但转身看最后一眼，还是会加深这种痛苦。他也许会抽泣；也许会当众号啕大哭。他远远不如她淡定。

我们会问，或确切地说，是我想知道，既然她如此淡定，为什么要医生在时机成熟时对她实施安乐死呢？"斯多葛主义者"不就意味着无论发生什么都能淡然承受吗？或许我把他们同基督徒搞混了，基督徒们相信一切都是上帝的意志，他们必须承受死亡的痛苦，这是**他**为他们设计的计划的一部分。这是一个神圣的计划，包括数千次痛苦的、奄奄一息的呼吸，还有吗啡也无法阻止的疼痛，以及至死方休的恐惧，所有这些都是为了让他们最终能明白上帝的旨意，只有当他们承受了人间的一切后，才被欢迎进入天国的疆界

("你已经胜利了……")。不，在伊丽莎白的哲学里，有些事情取决于我们，有些事情并不。一个斯多葛主义者拥有能动权：垂死挣扎是无法忍受的，没有意义的，是对所有人的时间的巨大浪费，包括她自己的时间，所以她提出，不，她要求，我们同意做个了断。只是她已不再拥有能动权，它被转手他人，在她的默许下授权出让。接下来，幸不幸运，要看落在哪个医生手里了。

我已经说过，这不是我的故事。那时，我的生活对我自己而言很有趣，但对任何其他人来说，客观上没什么意思。它沿着一条可以预测的曲线，也就是反复出现的期望和失望而发展。但我想说一句：就那句名言，所有幸福的家庭都是相似的，但不幸的家庭各有各的不幸。我一直认为说反了。我见过的绝大多数不幸的家庭，也包括我自己的两个，都是按照相当重复的程序变得不幸的；而幸福的家庭远不是一套自鸣得意的规范，而常常是积极、个性和努力得来的结果。不过，还有第三类：那就是假装幸福的家庭，或误以为他们曾经很幸福："弄错我们的历史，是成为家庭的一部分！"而我想象不出来有其实幸福，但谎称不幸福的家庭。有点扯远了。

言归正传：几天后，我对犹太人身份有了更深的想法。伊芬确实说了实话；是她哥哥撒谎了。是的，克里斯，那个很英国的英国人，那个金发男人，那个乡下派头的人，那个刻意回避高深思想和高雅文化的人，那个酒鬼，那个住在埃塞克斯村子里脾气温和的人，那个开玩笑要脱裤子给我看的人。骗子是他，不是她。不对，骗子这个词说得太重。应该说,兄妹里,他是那个给自己编排了戏码的人,用伊芬的话来说就是,他用人为的技巧,建构了自己的真实性。尽管要是我这样跟他说,他肯定会做出一副莫名其妙、"伙计,我完全无法理解"的样子,把我彻底骗进,这正是他的本意。

我又接着往下想。我更愿意相信伊芬。毕竟,她总是说实话。除了她不这样做的时候。比如,当克里斯问她那个穿双排扣大衣的男人是谁时,她回答说:"哦,那个人?谁也不是。"这明显是谎话;然而,说到爱和性,谁没有说过一个谎?我想这一切取决于你相信什么和相信谁。随后死亡改变了一切。死后的信念会在某种程度上让真实性更加牢不可破。

那一次的事情可能是这样的。她有时会为《伦敦书评》撰稿。他们开启了一系列公开讲座,邀请她也来讲一场。他们给了她一笔费用;她拒绝报酬,只提出了一个条件:讲座不要以任何方式记录。她认为这类场合很特别:虽然是"公开的",但也是私密的。人们是付出努力跑来听讲的;因此,作为回报,她会只跟他们交流。这也许是她的天真。不过话说回来,她并不总是像学生认为的那样世故。

我是通过一则小广告得知此事的。自然,伊芬永远不会这样跟我说:"顺便说一句,我要举行一次公开讲座,如果你能来,我会很高兴。"她会认为提出这样的要求,不仅是在求关注,同时也是在操纵我,是在干涉我的生活。

她本想把讲座命名为"苍白的加利利人,你已经胜利了",但

《伦敦书评》将题目委婉地改成了"我们的道德从何而来？"。我远远地坐在她的视线之外，还把头偏向另一边。就好像回到她的课堂，只是不紧张。这一次，我已经事先知道了整个故事。她从朱利安死在波斯沙漠开始讲起，以及此事对异教和希腊文明而言是多大的不幸；一神论的胜利（和灾难）；基督教的统治和堕落如何导致"欧洲思想的封闭"；相比历任教皇，朱利安在道德上如何优于他们；欢乐（是的，她特别强调了"欢乐"）是如何从欧洲消失的，只剩下狂欢节这些获得批准的异教活动；天主教和新教本质上都是暴虐的；对犹太人和穆斯林的可耻迫害和驱逐。她的基本认识是，我们的道德态度和行为举止，源于久远的过去，远到我们大多数人都没有意识到；但不幸的是，它们又没有远到叛教者朱利安的短暂统治时期。

她的讲座通常不会吸引任何媒体报道；也许《泰晤士报》的古典文学资深记者写了数百字。不过，当时是夏天，议会在休会，其间既没发生涉及英国军队的战争，也没有任何儿童绑架悬案。对记者来说是闲得无聊的季节。还有一件事，就是《伦敦书评》受到右翼媒体极大质疑，它们认为它是左翼分子、颠覆分子、伪知识分子、国际主义者、叛徒、骗子和反君主主义者这些害虫的窝点。还有一个因素，我们必须考虑到，英国人历来喜欢公然标榜自己的道德感。

文章标题是《"疯女士"教授声称罗马皇帝毁了我们的性生活》。你很容易想象伊芬严肃说出的事实与猜想如何变成了丑闻。譬如，诗人斯温伯恩是一个众所周知的同性恋，喜欢鞭虐：这就是教授对一位可敬的英国绅士的看法吗？他的见解可是值得我们三思的。又譬如,她所谓的"欧洲思想的封闭"到底是什么意思?欧洲精神可是产生了莎士比亚、达·芬奇、但丁、贝多芬、达尔文和牛顿等等等啊。更不用说巨蟒剧团了,它与毫无幽默感可言的"疯女人",高下了然。至于那个观点,即你的床笫生活在一定程度上受到了死了很久的基督徒和教皇们对这件事看法的影响,借用一位社论员的话,完全是"一派胡言"。

这件事突然引起轰动。伊丽莎白·芬奇被人堵门,他们拍下了所有可能拍到的不讨喜的照片。记者找到了一名"前学生",他声称伊芬曾经"嘲笑"他父亲战死沙场,还"作秀"一样讲述她的亲人死在集中营,同时还建议学生们去读希特勒的《餐桌谈话》。于是,抛来的问题都是这样的:"你的名字真的是伊丽莎白·芬奇吗?"(也许是从杰西卡·芬克尔斯坦[1]改过来的吧?)她对一神论的抨击被一位社论家描述为"这是国际化知识阶层的典型作为,意图让我们的文化和文明种族混杂。他们自诩世界公民,却不是任何地方的公民,而且会把我们心爱的英国教区教堂变成'多元信仰中心'"。一家报纸呼吁伦敦大学开除伊芬。当有人指出她好几年前就已经退休时,他们就要求扣发她的退休金。《卫报》发表了关于言论自由的社论,而伦敦新闻界一家最不入流的报纸在头版上并排刊登了两张照片:一张是伊芬的,她站在家门口,看起来受了惊,很疲惫;另一张是一位"耀眼的模特","曾经面试过邦德女郎",而且即将出版一本关于自身"美丽的秘密"的书。下面的文字这样写道,"试

---

[1] 芬克尔斯坦是常见的犹太人的姓。

问,哪个人看起来更懂爱和性:是丽兹教授还是甜美林奇? 你来定"。还刊登了一个电话号码,以供打来"发表你的意见"。《卫报》指出,林奇的出版商和那家报纸的老板是同一个人,是个逃避纳税的、并非此地居民的亿万富翁。但很少有人认为,这才是故事的核心。

伊芬本人什么也没说;她也要求《伦敦书评》不予置评。他们建议以小册子形式出版她的讲座内容;她拒绝了。

在这场狗屎风暴平息后,我给她写了一封……怎么说好呢,慰问信? 语调真的很难掐准。过于同情——哪怕是恰到好处的同情,都仍有可能是在暗示,她是一个软弱无力的人。也是一个对世界偶然袒露的残忍天真无知的人。甚至是缺乏道德坚忍、无法在我认为是"羞辱事件"中挺过来的人。

令我惊讶的是,她打来了电话。这很罕见,我们的联系主要是通过邮件和午餐。

"他们选择了愚昧。"她平静地说,就好像被嘲笑讥讽是退休学者正常生活的一部分,"谢谢你为我感到难过,但没必要。他们选择了愚昧。"然后,说完想说的,她就挂了电话,再也没有提起过此事。

我无法证明这件事让她变得(甚至)更加像个隐士了。她的生活模式早已确定,不会有什么变化。但这之后,她肯定再也没有做过讲座,也没有发表过东西,甚至连书评也没再写过。

由于无法和她讨论此事,我只好回到《伊壁鸠鲁指南》里那段至关重要的开场白:有些事情取决于我们,有些并不。取决于我们的事物,"天生就是自由的、不受阻碍的、无牵无绊的";而不取决于我们的事物,则是"无力的,受奴役的,被束缚的,并不属于我们"。你只有认识到什么是你能改变的,什么不是,以及它们之间根本的区别,你才有可能自由并且快乐。那些"不取决于我们"的事物,包括"我们的身体"、"我们的财产"、"我们的名誉"和"我们的公职"。是的,我们的名誉。

我想到的第二件事情是:不管上面说的这些,不管我们知道伊芬的性格和思维方式是什么样,也不管她在电话里跟我说的那些话,即便如此,即便如此,我仍然将她的遭遇视为一种殉道。你(毫无疑问还有她)可能会把这个说法当作一种夸张的修辞。毕竟,并没有人死去;她也不希望成为牺牲品,或者传奇。然而,这依然是一次粗暴的公开羞辱,是对她所信仰的一切的嘲弄。所以,如果你不介意,我还是坚持认为这是殉道。

最后一个想法。关于"羞辱事件"。伊芬退出了,她愈发深居简出。但是,她并不感到羞耻。

过了几年,她已经去世了,我在与克里斯共进午餐时提起这件事。我小心翼翼地提起话头,说自己怀疑,克里斯在读的那张报纸是这个事件的始作俑者,或至少大力跟踪报道。

"她陷入麻烦那次,你知道的,就是她做讲座那件事,她跟你说过吗?我的意思是,她没有跟我聊,当然她也没有理由要这么做。"我装得很谦虚,这有点虚伪,很不芬奇。

他沉默了片刻。"当然,我在报纸上看到了。我就扫了一眼标题。没有真去关注。我就想,你们这些混账东西。丽兹做了什么,要受到这样的对待?我停掉了那份报纸,至少停了几个礼拜吧。也许你能跟我讲讲到底是怎么回事。"

我没想到他要我说。我开始详细解释叛教者朱利安和加利利人,但他很快打断。

"不用说了,我真的不想知道。我就是觉得那篇报道实在太低级了,把她的照片跟那个半裸的性感女人放一块儿,那女人的身子都快从泳衣里面掉出来了。不管怎样,我敢肯定,丽兹要说的东西肯定超出了他们脑瓜子能理解的范围。"

"你和她讨论过这件事吗?"

"我给她寄了一张卡片。一个多星期都没有得到回复,这不寻常,她一般都会立刻回复的。估计她把那张卡片从桌上拿走扔进废纸篓了。"然后他突然笑了笑,"总之,大概十天后,我收到一封短信。信非常丽兹。她说她很抱歉,给家里带来耻辱——不对,她不是那样说的,她说,她'很痛心玷污了门楣',希望我们不会被赶出村子。嗯,这样的可能性不大。毕竟,芬奇这个姓很普通,再加上我说过的,她从来没在埃塞克斯露过面,或者说,已经很多年没有露过面了。哦,是的,她在信上签了名,'你那有罪但死不悔改的妹妹,伊丽莎白'。"

"这听起来很像她。"

"是的。说实话,这让我心情好了很多。说明那些混蛋没有打垮她。"

"后来呢?"

"后来,我还是会进城,和她一起吃一顿午餐。她会继续带着孩子们出去玩——尽管他们已经是大孩子了。"

"我只是好奇……你跟她一起时,为什么能忍受午餐时没有酒呢?她不会介意你喝酒的。"

他顿了一顿。"因为我从中得到了一种乐趣。我也不是非得在午餐时喝酒,我只是喜欢。我还喜欢这样一个事实,丽兹绝对想不到,我也许会想喝酒。我坐在那里,这样想:'你比我聪明,也比我年轻,我像爱妹妹那样爱你,但你并不是每样事情都知道。'而这一点,很有趣,让我更爱她了。生活真的很奇妙,你没发现吗?"

我表示同意。

这次交流的最后内容(以及我意料之外的收获),让我开始思考爱的秘密:那些未曾表露的,那些未曾说出的。我说的不是《不敢说出口的爱》这类东西,而是某种普普通通的快乐,关于,关于什么呢,关于某种有选择的隐藏的快乐。我说过,我爱伊丽莎白·芬奇——至少,我相当确定我爱她;即使她已长眠地下,我依旧爱她。这是始于课堂的爱,但不是孩子对老师那种懵懂的爱。毕竟,我那时候已经三十好几了。也绝不是夫妇之爱——至少,不是我经历过的那种。更不是幻想出来的爱,虽然我是有过一丢丢性幻想。(我坦白:在懒洋洋地胡思乱想的时候,我曾经想过,尽管不太可能,但万一我们上床了,我还是会叫她全名"伊丽莎白·芬奇"。而且,在如此放荡的梦境里,我发现她会接受这样的称呼,而且在被褥之下,这种称呼的正式会变味,两个词语会呈现出亲密、挑逗和性感的色彩。随你怎么想。)我的爱也绝不是妄想。当然,我从未和她说起我爱她;但如果我这样做了,她会像对待琳达那样,伸出手来,一直伸到桌子对面,挨着我的手,回答说:"这是唯一的东西。"我想,这不是在调情,挑逗我,而是坦然承认公认的事实。

那么,我对伊芬的爱属于哪一类呢?好吧,我会说,它是浪漫斯多葛主义,这说法恰到好处。我爱她是否胜过爱我的妻子们?这样说吧:爱的一部分就是你爱的人让你感到惊喜,即便你已了解他们至深。这是爱依然活着的标志。惰性扼杀了爱——不仅仅是性爱;各种各样的爱。就我自己的经验而言,婚后最初几年过后,夫妻之爱的"惊喜"有时不过是心血来潮的举动罢了;更糟的是,这是某人厌倦的表现,她不仅厌倦了丈夫,也厌倦了自己,实际上是厌倦了生活。当然,我在当时根本不理解这一点。伊芬带来的惊喜是不同的。有些人更喜欢读书,而不是生活,他们害怕更深入、更动情地卷入到生活中。我不认为我是那样的人;但的确,我可能更喜欢去爱伊芬,而不是爱我认识的其他任何人,以前是,以后也是。我不是说我爱她**更多**——这说不太通——但我小心翼翼地爱着她:小心翼翼,并且全心全意。

很简单,她是我这辈子见过的真正的"大人"。也许,我的意思是,她是唯一一个成熟的人。当然,她对足球、名厨、变幻莫测的时尚潮流、盒装产品或八卦消息不感兴趣。很久以前,她就选择对人类正常关注范围的事物,保持一种淡漠的态度(不,她绝不是势利小人)。她只是站得更高,看得更远。我记得我们曾经讨论——不,我在呵斥——某位部长,他出于某个常见的原因,有辱官职。我当时停下来,问她:

"我猜你是瞧不起政客的,对吧?"

"你为什么会这样想?"

"因为他们贪污腐败,自私自利,虚荣又无能啊。"

"我不同意。我认为他们大多数人都是善意的,或相信自己是善意的。这让他们的道德悲剧更加令人同情。"

你明白了我的意思吗?熠熠生辉的措辞,闪闪发光的智慧。

还有一个令我铭记在心的地方。她的眼睛,棕色的,看上去比其他人的都要大,因为它们好像一直睁着。我不记得她眨过眼。就好像眨眼就是让自己与这个世界隔绝——这是偷懒,也是害怕;眨眼就是浪费你在这个星球上的一两毫秒生命。

摘自伊芬的笔记本:

——在英语中,有哪个词比"爱"更容易被神化,被滥用,被误解,在含义和意图上更灵活多变,也更容易被十亿条撒谎之舌的唾沫玷污?还有什么比抱怨爱更陈腐老套的做法吗?然而,尽管爱被滥用,我们却无法把它替换掉,因为它同时是强健的,坚固的,它的盔甲牢不可破。它防水、防风暴、防雷击。

我曾经时不时地重读这段文字,偶尔琢磨其中所说的普遍真理。然后,不久前,我剪下了报纸上的一篇文章,说的是一名朝鲜妇女逃到韩国的经历。她谈到了爱情。"如果你是在西方长大的,"她说,"你可能会认为浪漫情事是自然而然发生的,但事实并非如此。你是从书籍和电影,或通过观察,学习如何变得浪漫的。但在我父母的时代,没有可供学习的样板。他们甚至没有可以讨论他们情感的语言。你只能从他看你的眼神,或她跟你说话时的语调里,猜测你的爱人的感受。"

又或者:她撑着他的手,抬起自己的身体,直到踮起了一条腿,又将另一条伸向身后,就像一只火烈鸟。在我看来,有时候我们人人都可以成为朝鲜人。

摘自我的笔记本(如果我有的话):

——用几个字描述一下你和伊丽莎白的关系。"她是我的当头棒喝。"

我放下她那本《金色传奇》。我又读了一遍圣厄休拉的故事,然后翻动书页,寻找她用铅笔轻轻画下的标记。画线、打钩、打叉——这是她独特的评论方式。这些记号通常会让人注意到这个冗长的殉道故事中那些非核心人物身上的正常人类反应。比方说,这里有两个来自纳邦的出身名门的兄弟,他们渴望神圣的死亡。他们的母亲,在悲伤袭来之前,这样责备他们:

如今有了一种新奇的死法,牺牲品在乞求刽子手动手,他在祈祷生命终结,召唤死亡来临!这是一种崭新的悲伤,也是一种崭新的苦难,年轻的儿子们心甘情愿放弃他们的青春,而他们的父母,不得不在一个可怜的年纪继续活下去!

当他们年迈的父亲,在兄弟俩的两个妻子乞求之后,也开始说出他的恳求时,两个年轻人的决心开始动摇了。于此,未来的圣人塞巴斯蒂安插上一脚,为了激发两人的士气,他上演了一个奇迹,提升了殉道的荣耀。伊芬用铅笔画了两条线标出他的论点:谴责生命,肯定死亡。"开天辟地以来,"塞巴斯蒂安声称,"生命愚弄了相信它的人,欺骗了寻求它的人,也嘲笑了信任它的人。它没有给任何人带来安全感,却向所有人证明了它的虚幻。"对此最好的回应就是尽早脱身而出:两兄弟愈发坚定了他们的信仰,他们被绑在木桩上,任由长矛穿过他们的身体。

不过,这些死亡只是塞巴斯蒂安自身死亡的前戏。就像那些最优秀的殉道者一样,他先是逃过了几次杀害他的企图。在这些死亡预演中,最著名的一次是戴克里先皇帝命人将他绑在一棵树上,供人练习射箭:"他们射中他那么多箭,他看上去就像一只刺猬"(哈,我想起了伊芬笔记本里那条,书这里,页边空栏上有一个确认的钩号),"然后他们把他扔在那里等死"。这一画面在很多美术馆里经常可以看见,我也一直认为(戴克里先的弓箭手应该也是这样认为的)他是被乱箭射死的。但事实上,圣塞巴斯蒂安在被射成刺猬后没死掉,他的殉道之路其实是被人用乱棒打死,然后被扔进下水道。画家只画了故事的前半部分,但这是对的。我记得伊芬说过一句话:"基督教成功的秘诀之一,就是总能聘请到最好的电影制作人。"

伊斯兰信仰的现代殉道者是在成圣之时，努力消灭尽可能多的异教徒。而基督教殉道者，他们的说服力可真强，他们在自己殉道之前，就已经让许多人皈依了，还激励他们加塞儿上天堂。不管怎样，我记得伊芬说过，"这种求死之望，近乎淫欲"。

像叛教者朱利安这样的异教徒，会用牲祭来实践信仰；而且，尽管他对白牛的消耗可能有些过度，但你通过献出最好的东西，向众神表达了敬意（从而让他们站在你这一边）。如果这看起来很原始，那么现代人的做法在那些古老的异教徒眼里可能更原始：几个世纪以来，我们虐杀公牛不是为了神学目的，这只是奇观的一部分，还需要买票进场。

文明进步了吗？伊丽莎白·芬奇喜欢问我们这个问题。毫无疑问，在医学、科学和技术方面确实如此。但在人类道德上呢？在哲学上呢？在严肃的事物上呢？伊芬告诉我们，400年，英国公主圣厄休拉和她同行的十一千名处女，为了对上帝的爱，为了进入天堂的希望，在科隆郊外被屠杀。这个数字当然算错了，但即便如此，这一事件也不容忽视。在法语中，这些殉道者被称为"Les onze mille vierges"（一万一千名处女）。一千五百年后，诗人阿波利奈尔写了一本情色小说《一万一千根阴茎》(*Les onze mille verges*)——这里verge少了一个元音i，意思变成了阴茎——书中因为鞭打、斩首和其他性虐行为而飞溅的血，几乎和科隆城墙下流淌的血一样多。

我在做白日梦：我住进了医院。那是圣诞节。一位探视者朝我的病床走来。看到她，从脚上的黑色粗革皮鞋，到梳成发型的灰白金发，我很惊讶。而她，似乎并不惊讶看到我。她把椅子掉转过来，和我面对面。她伸出手，平放在我的手旁边。

"怎么样？"她问，语气热忱又嘲讽，"是不是有点失望？"

然后，在梦中，她消失了，虽然我知道她死了，她提出的问题还活着。尽管我不确定她指的是什么。是在说我的生活？还是说我的垂死？还是死亡本身？不管是什么，都是伊芬的经典手法：她问你一个简单的诱人问题，让你独自殚精竭虑。如果说的是我的死亡：我想，那么失望是因为我无法用冷漠甚至轻蔑的态度来面对它，叛教者朱利安、蒙田以及其他我读到过的人，更不用说伊芬自己，都向我展示了这种态度。如果说的是我的垂死，我想，我的失望是因为它似乎不过是一个我要去经历的过程：疼痛，和疼痛的缓解，还有无聊和孤独，尽管有专业人士提供感情支持；我也还没有准备好任何可以流芳百世甚或有趣的遗言。如果说的是我的生活，我的生活让我失望吗？不管是不是，跟此时此刻又有什么关系呢？我不打算接受任何末日审判，尽管死亡学家声称，对临终者来说，与自己的生活和解，"理解自己的人生"，是有益的，但我觉得没这个必要。这个坑，挖坑大王就不开动了。尽管并不是我挖过的每个坑都没被填上。我对伊丽莎白·芬奇的纪念，就十分得体。如果我像古人那样，相信梦和预兆，那我可能会得出这样的结论，她的来访是一个认可的信号，表明我所做的事情让她非常满意。

但这样就殆乎沾沾自喜了。所以我离开白日梦，回到我的余生。

尽管如此，我还是不自主地继续阅读叛教者朱利安的事迹；在某种程度上，我无法让他离去，就像我无法让伊芬离去一样。但我发现了一个缺点：我写下的并非全都属实。不过，我没有修改原文，而是在此做出补充：

——起初他不叫"叛教者朱利安"。早期基督教作家只是称他"叛教者"，这是称呼撒旦的几种叫法之一。他们认为他就是魔鬼的化身。只是到后来，他才获得完整的头衔，显得他的主要罪过就是拒绝基督教。

——我曾以为朱利安死于"基督教长矛"的故事是基督教宣传家发明出来的。但情况并非如此：是朱利安的朋友兼传记作家利巴尼乌斯最早提出了这个说法。不出所料，此后基督教作家满怀热情地采用了它。

——另一个错误，或者说是考虑不周的错误陈述：当我说朱利安"撰写并发表了"他的讽刺作品《恨胡子的人》时，我没有想过第二个动词"发表"在当时意味着什么。我想象的是某种大规模的分发，因此安提俄刻城在皇帝的这种攻击下畏缩了。但所谓"发表"仅仅只是：文章被张贴在宫殿外的大象拱门上，"供所有人阅读和抄写"。有多少人这样做了，我们不得而知——无论如何，皇帝和他的军队不久就离开了这座城市。很可能是，朱利安写下这篇文章，主要是为了满足自己和他的朋友们；在这一点上，它就像"古代晚期的伪演讲，它们从未发表，也不打算发表"。

——我一直把基督教称为一神论(就像伊芬那样)。毕竟,我们现在都是这样认为的。但希腊人认为基督教是多神教,因为它有三个神——圣父、圣子和圣灵。有一种观点一直延续到17世纪的英国:参见"朱利安·约翰逊"将罗马天主教斥为"多神教"的论述。

——圣墨丘利和圣巴西尔将他们形而上的权力结合为一体,这个故事被证明是"晚期基督教的发明"。此外,我发现,墨丘利本人,"就像很多早期基督教殉道者一样",根本不存在。

这里,我们涉及了一个重要问题。我想,我总是本能(或者说不走心)地相信,那些带有强烈救赎信息的辉煌神话和殉道故事,尽管毫无疑问在被讲述和重新讲述的过程中得到了"改进",但它们依然植根于某些粗糙的原始现实。当你看着一幅描绘惨烈殉道的伟大画作时,它会迫使你相信,这是对曾经发生过的事情的再现。但是所有那些神圣的汇编,譬如《基督教殉道者事迹实录》,以及后世对此做出的图解,都只是虚构的教诲,而不是**真实的生平**。目前学者们的看法是,不仅那些著名的殉道者难说真的存在,而且就算存在,真实数量也少得可怜。当然,有很多基督徒,"仅仅"因为是基督徒(并拒绝在法庭上否认他们的信仰)就被杀害;但问题仍然是,他们的数量还是比我们之前以为的要少得多。一项"冷静的统计"得出结论说,在基督教时代的最初三个世纪里,"罗马帝国的世俗权力总共处决了最少两千名、最多一万名基督徒"。(圣厄休拉的十一千名处女实在是太多了!)至于究竟有多少人因为确信可以持速通卡升入天堂而自寻死路,"即使教会神父也最多只能举出一两个自愿殉道的案例"。

更进一步说:我们认为(或者说我原以为),异教徒杀死了基督徒,基督徒又杀死了异教徒,这是一报还一报、有来有回、以牙还牙的屠杀。他们是这样做了,但与信仰相异的基督徒(对微小差异深怀自恋)之间的暴力比起来,只是小菜一碟。正如阿米亚努斯所说,当这些人之间发生争执时,他们会"像野兽一样"打架,而吉本则挖苦道:"在基督教帝国一年里处死的基督徒,要比异教统治的三个世纪里处决的还要多。这是个有益的提醒:在神学上保持精确非常重要。"

我承认,这一切最初让我灰心丧气。但我接受了这一点,并得出两个结论。第一个,神学家也可以成为优秀的小说家。第二个,弄错它的历史也是作为宗教的一部分。我还发现了更多圣厄休拉的身后事。在12世纪早期,科隆城向古城墙外扩张,挖掘过程中人们发现了一处巨大的墓地,里面有上万具骸髅。这座城市早已是朝圣场所;当时考古学(如果这个术语不是太超前)完美验证了宗教史。此外,一只鸽子奇迹般地向当地主教指明了哪一具残存的遗体是这位圣徒的。几千具骸髅和六百个头骨被运送至专门为此建造的圣厄休拉教堂。这一令人欣慰的证据——阿尔卑斯山以北最大的藏骨堂——成为几个世纪以来基督教旅游贸易的中心。唉,遗憾的是,DNA测试出现了,这些骸骨被证明距今已有两千多年历史,这处遗址很可能是古罗马人的墓地。然而,游客们并不气馁,他们仍然像朝圣者那样,跑来瞻仰这些冒名顶替的遗骸。

伊芬的通信录里突然冒出安娜的名字,让我大吃一惊。那次午餐她不请自来后,不久我就和她失联了:这似乎是她最后一次挑衅,不管有意无意。不过那已经是好多年前的事情了。她应该在某个时候搬回了荷兰——通信录里是她在阿尔克马尔的地址。我在《米其林绿色指南》上查了一下,这地方是荷兰的奶酪之都。奶酪秤量房。运河、老房子和艺术博物馆。不错,干吗不去下呢,我想。

当然,通信录里没有电子邮件地址。我想起来伊芬是如何对比互联网和铁路的。一种诱人的便利,但没有内在道德价值,也没有道德影响。总之我给安娜写了一封老派的信:突然在伊芬的通信录上看到了她的名字(至于为什么,让她自己去想明白吧),我正计划去阿姆斯特丹旅行,也许可以坐公交或火车去阿尔克马尔。一起吃个午饭,看几张伊芬的照片来怀念她,再买一些奶酪……如果她没空,那也可以等她来伦敦时再聚。我尽量显得平淡。我记得过去有多惹她生气。当她认为我太上进,或太自私时,就会生气;但要是觉得我犹豫不决或优柔寡断,同样也会生气。对安娜来说,我好像没有定性,因此天生没有道德准绳。好吧,这只是我的一种看法。我在签名下面写上了我的电邮地址。

安娜就是这样,她没有搭理我,直到我已经不抱希望。然后来了一封电邮。她可以在九月任何一个周四下午一点钟,在艺术博物馆门口和我见面。她没有解释为何要选择这样的日期或时间。也没有说"很高兴将再次见到你"。要么接受,要么拒绝,要么现在,要么永不。所以,作为报复,我决定让她等,选了九月最后一个周四。

我选择从伦敦经布鲁塞尔到阿姆斯特丹。我一直很喜欢坐火车长途旅行。我喜欢琢磨带什么东西吃,拿什么书看。这一次,我觉得我找到了非常恰当的读物。

当朱利安的死后声名传至现代,我就差不多放弃了对他的研究;在这个历史阶段,叛教者不再是更广泛的文化议题的试金石,而更多事关个人兴趣。尽管说实话,想到又要爬梳那些已经耳熟能详的资料,我厌倦了。所以,罗伯特·勃朗宁1976年出版的朱利安传记,让我决定放下德米特里·梅列日科夫斯基的小说("表达浮夸,情节混乱……对我们理解朱利安毫无帮助");科莱昂·朗加维斯的"大型悲剧"也是如此,它有一千五百行散文和九千行韵文,"太长了,没法搬上舞台,甚至阅读它都需要付出不同寻常的努力,因为它是用最原汁原味的古希腊语写的"。我还饶有兴致地发现,"叛教者"曾是两部歌剧的主题,一部是奥地利指挥家兼作曲家费利克斯·文加特纳的作品(1928),另一部由俄罗斯的拉扎尔·萨明斯基创作(1959年发表,但写于1930年代)。不过当我发现这两部歌剧都没有被录制,更不要说上演,并没感到沮丧。

即便如此,我偶尔还是会近乎怀旧地扫一遍我的所谓"未读书目"。于是我偶然看到了米歇尔·布托尔的《变》(1957),这是新小说派的代表作。正如它的英文标题《变轨》所暗示的,这一切都发生在一列,事实上,是几列火车上。不是伦敦到阿姆斯特丹的火车(这念想就有些过分了),而是巴黎到罗马的往返火车。故事是关于莱昂·德尔蒙特的,此人是一家打字机制造商的高级经理,妻子和家人住在巴黎,情人住在罗马,他在地理和情感上都两头摇摆。小说由德尔蒙特坐在往来两座城市的多次火车上的回忆和展望、想象和疑惑构成。我也许应该补充一下,小说是用第二人称写的,有些人可能会觉得有点讨厌。

对叛教学家来说,书的开头不错:

第十四页　清晨,从巴黎出发的火车开车了,它驶过空荡荡的街道、关闭的商店、索邦教堂以及"被称为叛教者朱利安浴场的遗址,尽管其历史可能比皇帝本人还要久远"。事实上,我那本旧版《巴黎旅行指南》(1911)证实,这是君士坦提乌斯·克劳斯皇帝在292年至306年间建造的宫殿的遗迹,是"360年朱利安被士兵拥立为皇帝"的地方。

第六十一页　叙述者想起来,他曾"像个游客一样,故意沿着圣日耳曼大道"前行……随后他走过了"那些砖石墙,那是叛教者朱利安所熟悉的浴场遗迹,也是他'心爱的卢泰西亚'最重要的遗物,这充分证明了将他的名字赋予浴场是合理的"。

第八十一页　情节白热化了。叙述者此刻正离开罗马前往巴黎。"你在车厢里安顿了下来……埋头阅读《叛教者朱利安书信集》。"

很自然的,读者开始对打字机商行的经理和罗马皇帝之间的关系起了疑心。一个念头猛然出现:也许,对一个已婚男人来说,抛弃妻儿,与情人私奔,不就是一种背叛吗?德尔蒙特一家都是虔诚的天主教徒。朱利安的书信里,有哪些内容可能回应或影响了主要情节?

第一百六十八页　另一列火车上（似乎如此）。"你又一次拿起之前留在架子上的《叛教者朱利安书信集》，但你只是捧在手里，没有打开，通过敞开的窗户，你向外望去，凉风习习，不时吹进来一点细沙……"

有些读者可能会觉得这种悬念令人难以忍受。谜底会在什么时候揭开呢？书只剩下六十页了。

第一百六十九页　"**你将合上的《叛教者朱利安书信集》放在膝盖上，这本书你已经看完了。**"愤怒的黑体是我加粗的。或许，布托尔只是在戏弄我们（新小说派有着顽皮的一面），一切将在死亡时揭晓。

第二百零八页　现在时间不多了。"你独自一人，手里拿着朱利安皇帝的书信集，把热那亚的郊野留在了身后。"想一想，再想一想：这两个人之间肯定有什么关联。可能是在拿巴黎的通奸者和贞洁的朱利安做比较？后者心无邪念地在安提俄刻的酒池肉林里大步流星而过，对波斯战争中那些美丽动人的女俘不屑一顾。倒不是说布托尔提起过皇帝的私生活；或者说，说起过皇帝的任何事情。

第二百一十五页　"你将你的手提箱放在（罗马酒店房间里的）桌子上，**拿出了布迪版的《埃涅阿斯纪》第一卷**。"这不是一个玩笑：我会称之为作者的傲慢。

第二百二十五页　"你坐在（巴黎公寓的）窗边，从书柜里拿出叛教者朱利安的书信集，这时候，(你妻子)亨丽埃特走了进来，问你是否会在家吃晚饭。"但你更喜欢在火车上用餐。这里我们看到了一次重演。

第二百二十五页　天色漆黑，还下着雨，所以你叫了一辆出租去火车站。出租车"在巴黎皇帝的宫殿废墟拐角上转了一个弯"。

就朱利安而言，情节就是这样。对我来说，也差不多。几页之后，读者（你）被告知，叙述者（也是你）正计划写一本关于他的（你的）情感困境的小说，以求理解这种困境。你猜怎么着？你刚刚读的那本小说，原来就是打字机商行的经理（还是你）写下的那本小说！

我与朱利安死后生命相伴的时光，就在这样渐远渐弱的节律上终结了，似乎恰如其分。我和伊丽莎白的共度时光也快要结束。离我和克里斯托弗在伊芬伦敦西区的米棕色公寓见面，离我在伊芬的书桌里东翻西找，幻想她留下了一部未完成的杰作让我策划面世，似乎已相隔遥远。她是给我留下了一些东西，更真实也更难以捉摸：一个可以去追踪的想法。我不知道我的追踪是否正确，我也说不清楚，只有她自己知道。

我在阿姆斯特丹住了几天，然后搭了晌午的火车去阿尔克马尔。我预订了一家就在镇中心旁边的旅馆。我一路步行去了艺术博物馆，尽量不让自己因为心急到得太早，也不太晚让人生气，尽管和安娜见面，你就是准时到也让她恼火。就像是戏仿我，她也恰恰在那一刻现身。这里是欧洲，我觉得亲吻她的脸颊应该不会有问题。

"我们头发都白了。"我说。

"比起你来更适合我。我是自愿变灰的。"但她似笑非笑,所以我笑了。

正好有一个凯撒·凡·埃弗丁根的特展——"阿尔克马尔的伦勃朗",这是大家对他的称呼。展出作品里有几张巨幅油画,画的是本镇的旧国民警卫队;一幅肖像画,一个可爱的两岁男孩抱着一只金翅雀(出乎我的意料,这幅画是从英国的巴恩斯利博物馆借来的);一张道德寓意画,画的是当代当地环境中的"第欧根尼寻找老实人";还有一张肖像画,画的是荷兰东印度公司的商人和两个黑奴。这些画作对我来说都很熟悉,因为在来阿尔克马尔之前,我订了一份展品目录。我们站在第欧根尼前面,这位犬儒主义者在光天化日之下举着一盏灯笼,这是强调此次搜寻徒劳无功。画作里有一辆装满红萝卜的手推车,暗示这位哲人饮食节俭清淡;即便前景中的狗也是在暗示这位哲学家,狗在希腊语中叫作 *kuon*(犬),"犬儒主义者"一词就是这样来的。安娜不太相信这种不在意料之中的知识,但也没有提出质疑。我指着那一车红萝卜说:

"伊丽莎白·芬奇肯定不会成为犬儒派。"

"我们看画就好,行不?"

"我知道这些事情,是因为我在英国看过了邮寄过来的目录。"

"哦,你真是**没救了**。"安娜生气地回答。在任何形式的狡猾上都没救了,我明白她的意思。这是真的。而且我提到伊芬,已经表明了我的态度。虽然心理医生可能会指出,也许我的狡猾在于想去表现得并不狡猾:显得没救了正是我的狡猾的形式。

我们的目光落在画作上。

他们说，或者确切地说，是"他们说"，永远不要走回头路，是这么说的吧？那么多年了，不要再去追寻已经错失的爱，被忘掉大半的爱，被误解的爱。如果第一次错了，第二次也对不到哪里去，诸如此类。但我没有走回头路，不是那种意义上的回头路（反正，就我所知是这样）。我这次的目的不一样。因此，当我们坐在洒满阳光的鹅卵石广场上，面前是一碟新鲜的溶化奶酪，一杯葡萄酒，我们发现，相处变得容易了。安娜在做翻译；她在阿尔克马尔待了六年，由于某些没明说的原因，从阿姆斯特丹搬来此地。她没戴婚戒；我也没问。我告诉她我的情况，又离婚了，我的孩子们在干什么。她几乎没有什么提示和提问；但在我面前显得很放松。我们谈论了更多凯撒·凡·埃弗丁根的事情，对英国脱欧表示叹息，诸如此类。

"我想写写伊丽莎白·芬奇。算是某种形式的纪念吧。我发现我依然在想念她。"

虽然明知道不太可能，我还是预想她会说"我也很想念她"，甚至，像我担心的那样，说"但**你**写不出来的"。但她没有。相反，她只是点了点头，说，"我也是"。她指的是想念，而不是写作。

起初，我们只是回忆起她：她的穿着，她的淡定，她的机智和她的严谨。还有她教我们的东西，无论是教学大纲内的，还是（更有可能）大纲外的——那些扎根在我们心里的东西。

"厄休拉和她那十一千名处女。"我说道。

"借警察之手自杀。"她立刻回应,我们笑了起来,看着对方,那么温柔,同时,掂量时间造成的伤害。

"叛教者朱利安。"我提了一句。

"不记得他了。"

"最后一个异教皇帝。她把他的死,称为'历史出错的那一刻'。"

"我肯定应该记得啊。但我想得起来的只有另一个朱利安,他说过性爱很酷,什么原罪,那是很垃圾的想法。"

我觉得她这种说话方式很荷兰。

"嗯。实际上,你可能是对的——这也许是她某个笔记本里写的。我有时候把记忆和研究搞混了。"我跟她说了说朱利安,尽管我写朱利安没有写伊芬的那么多。

"羞辱事件发生时,你还在英国吗?"

安娜那时候已经离开英国了,虽然还和伊芬保持着联系,但伊芬自然不会在任何来信里跟她提及此事。我把事情的来龙去脉告诉了她;她听得很认真。

"太恶心了,"她说道,"你们英国的报纸太操蛋了。"

"是的。不能说她因此停止了工作,但她肯定不再做讲座、写书评了。"

"她有没有留下任何打算出版的东西?"

"不能算是。"我告诉她那些缺了几本的笔记本,还有我的猜测。"也许她甚至想试着写一本小说。"我最后说。

"我很怀疑这一点。"

"嗯,你说得对。"我不知道如何越过预演这个阶段。直接投入开始吧,我对自己说。

"你介意我问你几个问题吗?"

"问吧。"

"好,长话短说,她有没有跟你提起过一个穿双排扣大衣的男人?"

安娜爆笑。"非常夏洛克·福尔摩斯。"我喜欢这样。我喜欢被戏弄。这让往日重返。我们说起了同班同学,我们还记得谁,包括喜欢的和不喜欢的。

"她对我们很好,"我说,"你还记得琳达吗?"

"当然。"安娜说,不过脸色微变。

"她总说自己有'心病'。我记得,她问过我,是否该问问伊芬该怎么办。我劝她不要这样做,但她还是去请教了。伊芬说这对她而言是一件好事:'这才是最重要的。这是唯一重要的事情。'"我引了这句话,话里话外有点自鸣得意。

"你真是个渣男,"安娜生气地说,"这方面你还是老样子,对吧?琳达,可怜的琳达,她向伊芬,就像你说的,请教的,是你啊。"

"我?妈的。那为什么……为什么她没跟我说?为什么没有任何人跟我说过?"我还在想着"渣男"这个称呼,我喜欢这个新词。"哦妈的,"我又说了一遍,"我需要时间来消化这件事情。"

"好吧,你余生有事可做了。"安娜无情地说道,在我看来。

我不知道该说什么才好,只好说:"我们能不能晚些时候再聊?吃晚饭的时候?我今晚不走。"

"可以,"她说道,"这顿我买单,晚餐你来买。"

她的语气里似乎有些胜利的味道。

我回到宾馆房间,躺在床上。我思考男人和女人,他们中有些人如何不得不,可以说,需要别人扶一把才能越过坎儿。

点完菜后,我拿出笔记本,正要从外套里掏出圆珠笔时,她说道:"不,我不希望你记录。"

"可是——"

"这样会让她死去。"

"可是——"

"我说过,我会跟你谈谈她。我会谈的。但是如果你要当着我的面,把所有东西都记下来,我会觉得自己……是个叛徒。你懂我的意思吗?"我不懂,但我点了点头。"这样会让她死去,"她又说了一遍,"我不想这样。而且她也没有允许我这样做。不管怎样,你会记得那些要紧内容的。"

我停下来,希望她能说得更明白点儿,或甚至改变主意。但她只是指了指我的笔记本,于是我把它收了起来。

接下来的情况表明,安娜显然比我更了解伊芬——至少在私密层面上。我几乎无法反驳这点,尽管我允许自己感到嫉妒。

"你知道她是什么样。"安娜开始了讲述。"彻底的坦诚,突然的隐瞒,她是两者的结合。还有,全然的同情心,偶尔的距离感。我人生中和很多女人交流过,和她谈话完全不一样。大多数女人会告诉你,**我们怎么认识的,**"她打了个引号的手势,"**什么出了问题,关系怎么结束的,**以及**我从中吸取了什么教训。**我不是在贬低这种陈述:我自己也是这样——把我的生活变成了一个故事。我们都这样。但伊芬不是。她会给你结论,而不是故事。为什么?原因显而易见,也很正常:是出于隐私和谨慎。但我认为,还有更大的原因:就是一种认识,生活,尽管我们希望那样,并不归结为叙述,或不是我们理解或期望的那种叙述。"

我爱听比我更聪明或更明白的女人说话。这让我想起我和安娜在一起的岁月。但在当下,这没什么用。

"嗯,那么,你能给我举个例子吗?"

"有一次她跟我说:'我这辈子似乎擅长做那种要么不可企及要么不受欢迎的事情。'"

耳边似乎响起伊芬那响亮而清澈的声音,我不由自主地笑了。

"她具体说过是什么吗?提到什么名字吗?"

"稍等。还有件事,一直困扰着我。当时我记下来了。"她从包里拿出一张折叠起来的纸条。"'爱情总是感性和理性的混合。当然,我们不太承认里面有理论——它太根植于历史和亲缘了。但这就是为什么爱情本质上是人为的。当然,我是在最好的意思上用这个词。我们所谓的浪漫爱情,是最人为的一种。因此也是爱情的最高形式,同时最具破坏性。'"

"啊呀,"我说道,"难怪我的两次婚姻都失败了。"

"啊哈,"安娜回应,"这就是不列颠男人在爱情面前的老套样子。我可记得太清楚了。男人的滑稽,我的意思是。"

"你觉得女人做得更好?在爱情方面?"我其实并不执着于自己的性别,但看她这样肯定,让我生出申辩之心。

"当然了。我们的爱更出自感性,也更高尚。"

我决定不在这个问题上争个高下。"你认为这也是伊芬的看法吗?"

"我不确定。"

"也许在她的生活里,发自感性的不受欢迎,而高尚的则不可企及。或者两个替换一下也一样。"我想象那个穿双排扣大衣的男人是那种高尚的人。

"那么,"我说道,"这问题可能听上去很老套,不过你认为她幸福过吗?"

我原等着安娜会因为我的问题太老土而骂我。但她没有。

"我不确定她是否认为幸福是爱情的必然结果,或甚至是理想的结果。我认为她觉得爱情更事关真相而非幸福。我记得她有一次说过:'如今爱情已经是我的过去式了,我更能理解它,无论是它的清澈,还是它的谵妄。'"

我不太能理解这种抽象的说法。你怎么能一边追求爱情,一边又不想要幸福呢?我更喜欢具体一点儿的。"你能告诉我有什么人吗?随便谁。"

"我根本不认识他们。就算我认识,我也不确定我是否会告诉你。他们有什么理由被打扰?老家伙们虚幻的快乐记忆会被你搞乱的。"

"一个线索也没有?"

"没狗屁,夏洛克。"

我笑了。安娜一向喜欢自信满满地乱用脏话。作为一个欧洲人,她也比我更容易理解抽象和理论上的东西。我记得,当年伊芬耐心地向我们传授爱比克泰德和斯多葛学派的思想时,我也是百思不得其解。

"她经常引用的那句话是什么来着,有些事情取决于我们……"

"有些事情取决于我们,有些并不。"

"接着说。"

"我们应该学会区分它们,并认识到,对于那些不由我们决定的事情,我们无能为力,认识到这一点,我们就能对生活有恰当的哲学领悟。"

"那么幸福呢?"我问。

"我觉得,斯多葛学派认为,对生活的恰当理解,就是那些不太哲学的人,比如你和我,所说的幸福。"

我很高兴她把我俩平等地(即便这平等指的是我俩具有同样的不足)包含在内。

"所以理解才是至高的善?"

"当然。"

"好吧,那么回答我这个问题。爱情是取决于我们,还是不取决于我们的事物?对此伊芬怎么看?"

安娜停顿片刻。"我想她会说,大多数人会想当然地认为,爱取决于他们,但实际上根本不是。"

"而我们应该认识到这一点,如果我们想过一种真正哲学意义上的生活——不过,让我们面对现实吧,大多数人并不在乎这个。再说,我们现在达成共识也有些为时已晚了。"

"是啊。"

"那么,伊芬认为爱情不取决于我们?"

"当然。"

"因此她认为爱情只能带来理解,而不是幸福?又或者,幸福只是偶然,而非必要?"

"尼尔,我们会让你成为一个哲人的。"

"别紧张。我只是喝高了。"

"众所周知,荷兰啤酒对大脑有益。"

"你认为她曾是拉拉吗?"

"谢谢你又故态复萌。重回英国范儿。"

"好吧,那我该怎么做?我本来就是英国人啊。"

"那就反抗一下?"

"**你**当过拉拉吗?"

"去他妈的。"她轻声道。这是安娜从来不会用错的短语之一。

"我只是努力想象恋爱中的伊芬。"

"你就别努力了。你没有那种想象力。"

"你有?"

"也许吧,但我对这事情并不特别感冒。"

"你是说女同性恋?"

"不,我没有兴趣对一个已经去世的优秀女人,在她死后回过头去指指点点。"

"我不认为努力了解一个人和讲她八卦是一回事。"

"那我就把你留在无知的幸福状态中吧。"

过去我们的争吵常常就是这样开始的。但我不想重温往事。我只是感觉到了过去那种同样的疲惫和烦躁。有些事情取决于我们,但安娜不是其中之一。我也同样看不出,如果情况是这样,它会引导我理解生活,获得哲学意义上的幸福。我一直对启蒙之路心存疑虑,不管看起来多么理性。

"她是什么时候说那句话的?"

"什么话?"

"就是爱情已成为过去,她却更理解它了。"

"她去世前五六年吧。"

"那么我们是不是可以认为,她在给我们上课时,还在爱情游戏——请原谅我这么说——之中?"

"不说这事了。"

"能让我看一下她给你的信吗?"

"当然不可以。"

"那来点咖啡和杜松子酒?"

"完美。"

于是我们重新获得了亲近感的平衡。不对,对我而言,不止于此。我还是很喜欢安娜,不管看起来如何。

"有时候,当我想起伊芬,我觉得自己好像让她失望了。"

"哪方面?毕竟,你正在做这件事……就是研究她。"

"好吧,谁知道她甚至同不同意我这样做呢。不,更重要的是,尽管她一直在我身边,甚至还在影响着我,但我仍然只是一如既往地过着以前那种浑浑噩噩的生活。"

安娜很认真地听我说；她看得出来，我不只是在自怨自艾。

"伊芬很宽容的，"她说道，"尽管她对所有事情的标准都很高。"

"是的，但我不想被**宽容**。你明白吗？"

她手伸过桌子拍了拍我的手臂。"是的，尼尔，我明白。"

出了餐厅，一阵荷兰式的无声小雨飘然而至。我挽起了她的胳膊。"嗯，谢谢你。"作为回应，她轻轻靠向我的肩膀，好像在说……什么？

在这个姿势和杜松子酒的鼓舞下，我说道："有没有任何理由我们不能或不该上个床呢？"

"有的，"她回答，"你说这话的腔调。"

我笑了。没毛病。粗俗并不只是年轻人的专利。

不过，她没有生气。在我坐火车回阿姆斯特丹之前，坐在鹅卵石广场的咖啡馆里，她很高兴我们一起喝最后一杯咖啡。

"我刚才想起来，"她说道，"她游泳游得很好。"

"她会游泳？"

"是的，会游。她是游泳健将。"安娜的似笑非笑让人抓狂，好像在说，关于她，我知道一些你不知道的事情。不，去掉"好像"。

我试图想象她游泳的情景，但想不出来。

"你是说，在布莱顿海滩？"

"不，圣殿。"

"那是什么地方？"

"泳池和水疗中心。在考文特花园。嗯，它已经关门好几年了。

只对女性开放。我搬回荷兰之前,我们每个月都会去一次。"

对此我有些措手不及。感觉怪怪的。我突然想起来有点丢人的事情。当我刚开始描绘伊芬时候,我说她从来没露过腿,所以你无法想象她穿沙滩装的样子。

"那么……她穿的泳装是什么式样的?"

安娜哈哈大笑。"呃,不是比基尼。"听到这话,我有一种荒谬的解脱感。"但是,我要告诉你一个秘密,尼尔。有些女人可不止一套泳装哟。"

"那是,当然。我想来杯杜松子酒配咖啡。"

这很孩子气,也很可笑。我已经自认——好吧,其实是被迫承认——安娜可能比我更了解伊芬的私生活。这里我又妒忌……游泳,还有泳衣。搁以前,我会生闷气,而安娜会取笑我生闷气;但我不打算再给她这样的愉悦了。

"不过,"她爽朗地说道,"要是你真的要写她,你就必须展示她的另一面。"

"什么另一面?"

"哦,得了吧。"她问都没问,就喝了一口我的杜松子酒。

"得了吧什么?"

"别忘了你曾经爱上过她。以你那种混乱不堪的方式。"

"不是那样的。"我抗议道。随后,我挑衅地说:"不过,确实,我爱过她。你也爱过。"

"爱得不一样,但没错。对此我没有异议。"

"那我有?"

"哦,是的。但更重要的是,如果这本传记是由传主的爱人写的,你还会相信这本传记吗?"

"这不完全是一本传记。我也不是你那种意义上的她的爱人。"

"行,不过你有没有想过,比方说,去找一下杰夫?"

"杰夫?那泡右翼狗屎?我他妈的为什么要找他?"

"这就是我说的另一面。"

"另一面?据我回忆,另一面只有杰夫。"

"你还记得她在第一堂课上说的话吗?什么'我可能不是你们所有人最好的老师'。她对你我来说是很好。但对其他人并非如此。他们想要一些更传统的东西。有时间有人物有事件,所有这些引向更为普遍的思想。而不是用更为普遍的思想来引出时间、人物和事件。毫无疑问,他们一开始确实被吸引了,但随后她就开始……让人不舒服了。"

"的的确确。她让我,还有你,不舒服了,就像摇动我的思想,让我不断重新思考,让我的脑子里星星爆炸。"

安娜朝我微笑,笑得尖锐而放肆。"是的,星星爆炸。但班上很多人认为,她所有时间都在自己的兴趣之马上。"

"天马行空。骑着自己的天马。"

"随你怎么说。他们的目的是通过考试,然后继续或者回到他们的生活中。"

"然后就变得更傻。"

"尼尔,鼓舞人心的老师有点像令人惬意的神话。对青少年来说,这样做没错,但对一群三十来岁的成年人来说,就不一样了。你呢，一直在寻找能告诉你什么是什么的女人。比如像我这样的，有那么一阵子。"

我大感不解，继而感到愤怒。安娜似乎混淆了我生活中两个截然不同的部分。

"所以你认为你很像伊芬？"我愤愤不平地问道，意思是：像伊芬一样好，一样独特，一样优秀？

"尼尔，我们的头发都白了，现在生气已经太晚了。"

"这我不太肯定。但你显然认为自己是可以告诉全世界什么是什么的人。我现在不需要了。我们似乎扯太远了。"

"但我们没有。"

"那么，你是在否认伊芬是你遇见过的最不同凡响的人？"

"我根本没这意思。她确实非同凡响。我要说的——不是要告诉你什么是什么——只是建议，这不应该是单方面的赞美。想一想伊芬对这种单一性词语的看法。"

"当然。独白是单调的，偏执的，以及……"

"……文化上单一的。"

我们笑了起来。一切都还好，作为朋友我们**还好**。

"可是你不是在建议我和杰夫聊一聊吧，不会吧？"

"我收到过他的电子邮件。"

"该死。"一个不安的想法掠过我的脑海，"你不是……你没有……跟杰夫？"

她朝我眨了眨眼。事实上，她从来没有做对过眨眼这个动作，就像她没办法完全说对英国话一样。这个眨眼一半像眨眼，一半像眯眼。

"你们男人啊,"她只是说,"你们英国男人啊。"

我带着一大块奶酪和几张"阿尔克马尔的伦勃朗"的画作明信片回了家。本着反抗安娜的精神(与此同时,我也意识到,这其实是在接受她的建议),我打开了电脑:

> 亲爱的杰夫,这可能看起来有点突然。我在阿尔克马尔见到了安娜,她给了我你的地址。我在考虑写一本伊丽莎白·芬奇的简短回忆录。我想知道,你那里有没有关于她的故事、逸闻或特别的回忆?另外,经过了这些年后,你对她的看法是不是发生了变化?当然,你可能不想被提到,或者,也许你想我隐去你的名字。请告诉我你怎么想。祝一切好,尼尔。

两天后:

> 亲爱的尼尔,没错,老芬奇可真有个性,不是吗?她当然,我不知道该怎么描述,很有风格,有展示自己的方式,很多老师都没有。我倒不在乎这些。还有当然,她懂得很多,尽管教基础课总归更容易些。她给我的印象,与其说老派,不如说复古。我知道,你已经认定我是疯狂的托派,但她关于文化和文

明的看法,和任何现代思想、系统思想、批判理论和知识理论都完全脱节。她总是在谈论"严谨",但在我看来,她的教学风格更多是自行其是。她显然认为自己具有"创见";但我觉得更准确的词应该是"业余"。我的朋友,业余学者的时代早就过去了。我当讲师后,很自然地就把她当作反面教材。你还记得,她建议我们去读希特勒吗?她似乎被早期基督教会迷住了。换作当下,她根本不可能逃脱这样做的后果。我并不是说她造成了多大伤害,只是说,她对待一切的方式,还有她那"古怪的观点",在某种程度上啥也不是。只要你愿意,我很乐意你引用信中的任何内容。祝你好运,找到出版商!加油,杰夫。

又及:过了这么久,我相信你不会介意我这么说,你不仅对她有些神魂颠倒,还把她变成了一个神话。这倒也无伤大雅,真的。我们都需要依靠自己那些小小的神话活下去,不是吗?

正是这个"小小的",再加上他称我"我的朋友"那种油腻的方式,让我不爽。真是一堆热气烘烘的马粪哪,我想。此外,他实际上承认了他是小报上伊芬和希特勒故事的源头。至少他没有提议重聚,喝一杯"叙叙旧"。

我不得不承认,这么多年过去了,安娜还是很擅长理解我。譬如,她巧妙地提到独白,调停了我俩的关系。我记得伊芬在这个问题上的说辞。"我不否认,独白作为戏剧手段熠熠生辉。我只是指出它极其人为,当然,这也是它的光彩之源。"这可是我在自己有限的演艺生涯里,从来没有想到过的。

我意识到,伊芬留给我的除了普通意义上的遗产外,还有特殊的遗产:词语和句子,还有那些思想,我不一定能理解,也不一定能接受,但它们会陪伴我很多年。

那次我去见安娜,还有另一个后果。安娜说过的一些话,让我好奇在伊芬向世界展现出的冷静和克制的面貌下,是否隐藏着一股愤怒的暗流,不,更像是咆哮的激流。这判断可能完全是错的。不过后来,我想起了一段当时我非常惊讶的往事:我的一位妻子去接受顺势疗法,询问她目前的持续状况是否有缓解方法,她把这种症状描述为"沸腾的怨恨"。

最近,有位朱利安的传记作家总结说,朱利安所有恢宏的计划都失败了,甚至,他表面上的胜利——军事上、管理上、神学上——也都转瞬即逝,甚至可能是幻觉。"事实上,这位'猛士'唯一真正的胜利,是清理税制。"这让我想起了伊芬说过的话,失败比成功更有趣,失败者告诉我们的事情,要比成功者的更多。此外,我们即使到临终,也许尤其是在将死之际,都无法说清别人会怎样评判我们,或者,如果被记住的话,别人会怎样记住我们。我们可能会在沙子上留下个脚印,但一阵风来就吹没了。又或者,我们会在尘土里留下个脚印,但它的完美形状会保存几个世纪,留到今天,因为我们恰好生活在庞贝。当我想起琳达——尽管几十年来安娜插手纠正了我的记忆——我知道我还是会永远记得她,记得她在大学酒吧的桌子上留下的那个潮湿的掌印。我记得,我独自一人,先是喝掉了我的酒,再喝掉了她的,等我站起来要走的时候,她的掌印已消失不见,从此也不复存在,除了留在我顽固的记忆中。

我想到朱利安,想到几个世纪以来,人们如何解读他,再解读他,就像一个人走过舞台,被不同颜色的聚光灯追逐着。哦,他是红色的,不,更像橙色,不,他是接近黑色的靛蓝,不,他是全黑的。在我看来,如果不那么戏剧化、不那么极端,这正是我们看待任何人的生活时发生的事情:他们的父母、朋友、爱人、敌人、子女,是怎么看待他们的;陌生的过客,却突然注意到他们的一个真相,是怎么看待他们的;又或者,多年的老友,却几乎根本不了解他们,是怎么看待他们的。然后,他们又看着我们,和我们如何看待自己的方式完全不同。好吧,弄错我们的历史,是作为人的一部分。

到了快结束的时候,我可以承认,有些人,譬如杰夫,他们并不看重伊芬;还有一些人,希望从她身上得到不同的东西。我也能承认,我们班上有些人,也许是很多人,这么多年,已经把她忘得一干二净,或者将她归结为一则滑稽逸事。

但我一点也不在乎。因为,你看,这让她更加**属于我**。

回到开端:伊丽莎白·芬奇站在我们面前,说的几乎是书面语,思考和言说之间看不出隔阂,她镇定、优雅、警觉而彻底。她是一个炮制出来的人吗,那么多年来的做派就是致力于自我展示、直到完美无瑕?换句话说,就是人为。然而,这样的人为服务于真实。这就是她在暗示,或实际上是说出来的事情。说得通吗?我们都能想到一些人,他们用一种配制的或人为的简朴,行走于世。我们把这样的方式叫作"假天真"。伊芬既不虚假,也不天真,实际上,她处于光谱的另一端;虽然她仍旧在光谱上。

这么说吧。我曾经仔细观察过伊芬,在演讲厅,在派对房间(她总是早早离场),在很多回午餐时。她是我的朋友,我爱过她。她的出现和她的示范让我的思维改变了轨道,让我对世界的理解发生了质的飞跃。我读过了她不会给任何人看的笔记本;我查核了她留给我的书里的每个铅笔记号。但也许所有这些会面和交流,以及我对它们的记忆——而记忆,说到底就是想象力的一种功能——在现在和过去都是修辞。是鲜活的修辞,而非文学修辞,但仍然是修辞。也许事实是,我对伊丽莎白的"认识"和"理解",并不比——如果说是以不同的方式——我对朱利安皇帝的"认识"和"理解"更出色。那么,认识到这点,是时候停笔了。

我再一次看见她,倚着午餐的桌子向我倾身,在我点了小牛肉而不是意大利面以后。"怎么样?"她热切地问,"失望吗?"就好像她问的完全是其他事情——生活、上帝、天气、政府、死亡、爱情、三明治和未完成杰作的存在。

这么说怎么样:她计划写一本关于皇帝及其历史影响的专著,却无法付诸实施。这或许是因为她没有这种写作能力。又或许其历史和神学的复杂内涵让她败下阵来。再或者事实证明朱利安并非她最初以为的那个人。又或许是她一开始的大胆无畏没有得到回报:"啊,苍白的加利利人,你已经胜利了"这句话并未开辟出一条有迹可循的道路,可以通往基督教欧洲在情感上的凉薄和教会上的专制,即,既通往不快乐的、充满负罪感的新教,也通往腐败的、充满负罪感的天主教。或者,即使有这样的路径,她也无意做探路人。

所以,她销毁了她写好的东西(在她"殉道"之前还是之后?),把做准备工作时写下的笔记和思想留赠给另一个人,也就是,我。有意或无意,她把它们留给了声名狼藉的挖坑大王。不管怎样,她都会欣赏其中的讽刺的。

虽然她本人不太会凭运气行事,但我认为,她正在这么做,以一种有趣的方式,把她的文学遗产留给了我。"以一种有趣的方式"——是啊,她有一种绝妙的讽刺智慧,我们不应该忘记这一点。我有没有精力,有没有兴趣,去追踪她抹去了一半的痕迹,这得碰运气。同样,我是否会试图以某种方式重构她的"专著",也得碰运气。更别说——这点她应该没有预见——我是否会试图重构她的生活了。

所以,这就是我决定要做的事情:让运气,让命运,自行其是。我要把我写好的东西留在抽屉里,也许再把伊芬的笔记本放在旁边。我偶尔会想象,我的一个孩子在我死后发现了它。"哦,看,爸爸写了一本书!谁想读?""可能是他挖的另一个坑吧。""就像我们。"然后他们也许会谈论作为父亲的我有多失败。他们可能干脆把我的打印稿塞回书桌，让房屋管理员把它们扔进废纸篓。不，这么说他们不公平。三个孩子里，有一个可能会对他们老爹做过的事情有点伤感，有点好奇。可能另一个孩子会拿走那些笔记本，心想谁是伊丽莎白·芬奇，我们是不是情人；不过，他们也许会感到失望——观点太多，故事不够——然后一扔了之。我的"专著"（如果它值得这个词）也许会回到另一张书桌的另一个抽屉里，它的下一次命运取决于某个尚未出生的人。

这很公平。有些事情取决于我们，有些并不。这件事情现在并不取决于我，所以它不会妨碍我去获得自由和幸福。

还有，你们听到的任何嘲笑声都是我的。

图书在版编目（CIP）数据

伊丽莎白·芬奇 /（英）朱利安·巴恩斯
(Julian Barnes) 著；严蓓雯译. -- 南京：译林出版
社，2025.3. --（巴恩斯作品）. -- ISBN 978-7-5753-
0349-1

I. I561.45
中国国家版本馆 CIP 数据核字第 20242LB985 号

Elizabeth Finch by Julian Barnes
Copyright © 2022 by Julian Barnes
This edition arranged with Intercontinental Literary Agency Ltd (ILA)
through Big Apple Agency, Inc., Labuan, Malaysia
Simplified Chinese edition copyright © 2025 by Yilin Press, Ltd
All rights reserved.

著作权合同登记号　图字：10-2021-641 号

伊丽莎白·芬奇　［英］朱利安·巴恩斯／著　严蓓雯／译

责任编辑　宗育忍
装帧设计　韦　枫
封面图片　René Groebli
校　　对　施雨嘉　戴小娥
责任印制　闻媛媛

原文出版　Jonathan Cape, 2022
出版发行　译林出版社
地　　址　南京市湖南路 1 号 A 楼
邮　　箱　yilin@yilin.com
网　　址　www.yilin.com
市场热线　025-86633278
排　　版　南京展望文化发展有限公司
印　　刷　南京新世纪联盟印务有限公司
开　　本　850 毫米 ×1168 毫米　1/32
印　　张　6
插　　页　4
版　　次　2025 年 3 月第 1 版
印　　次　2025 年 3 月第 1 次印刷
书　　号　ISBN 978-7-5753-0349-1
定　　价　58.00 元

版权所有·侵权必究

译林版图书若有印装错误可向出版社调换　质量热线：025-83658316